Colin Dann

Wie die Tiere das Fürchten lernten

Band 1

Von Colin Dann sind derzeit in den Ravensburger Taschenbüchern sechs Bände lieferbar. Sie alle gehören zu dem großen Zyklus um „Die Tiere vom Farthing-Wald“.
Wer auch die Vorgeschichte zu den zwei Bänden „Wie die Tiere das Fürchten lernten“ kennenlernen will, sollte die sechs Bände in diese Reihenfolge bringen:

RTB 1626	Als die Tiere den Wald verließen – Band 1: Die Flucht
RTB 1627	Als die Tiere den Wald verließen – Band 2: Die Reise zum Hirschpark
RTB 1683	Was die Tiere im Park erlebten – Band 1: Winter im Hirschpark
RTB 1684	Was die Tiere im Park erlebten – Band 2: Fuchskrieg
RTB 1738	Wie die Tiere das Fürchten lernten – Band 1: Jagd auf den Schatten
RTB 1739	Wie die Tiere das Fürchten lernten – Band 2: Der Unbekannte

Colin Dann

Wie die Tiere das Fürchten lernten

Band 1:
Jagd auf den Schatten

Aus dem Englischen von
Jürgen Witznick

Otto Maier Ravensburg

Deutsche Erstausgabe
als Ravensburger Taschenbuch Band 1738,
erschienen 1990
Erstmals in den Ravensburger Taschenbüchern
erschienen 1986 (als RTB 1544)

Die Originalausgabe erschien 1983
im Verlag Hutchinson Publishing Group Ltd., London
unter dem Titel „The Fox Cub Bold“

Umschlagillustration: Werner Blaebst
Illustrationen: Terry Riley

Gesamtherstellung: Ebner Ulm
Printed in Germany

6 5 4 3 2 94 93 92 91 90

ISBN 3-473-51738-0

Inhalt

1

Die wirkliche Welt

Die Sommersonne überflutete das weite Land. Bis hin zum breiten Horizont tauchten ihre goldenen Strahlen alles in solch gleißendes Licht, daß der Kühne blinzeln mußte. Der junge Fuchs spürte, daß er sich mitten in einer neuen Welt befand. Vor ihm und um ihn herum breitete sich eine Hügellandschaft aus, mit vereinzelten Wäldern und Farngebieten.

„Das ist die wirkliche Welt", sagte er leise zu sich selbst. „Die weite, wilde natürliche Welt." Die einzigen Bewegungen, die man in der ganzen Weite ausmachen konnte, waren der ruhelose Flug eines Vogels hier und da und das langsame Wogen des Grüns im leichten Wind. Begeistert murmelte es der Kühne immer wieder vor sich hin: „Die wirkliche Welt, die wirkliche Welt..."

Abenteuerlust hatte ihn erfüllt, als er die Grenze des Naturschutzgebietes, in dem seine Familie lebte, überschritten hatte. Und diese Abenteuerlust erreichte jetzt einen neuen Höhepunkt. Er schnellte vorwärts und jagte durch das Gras, seine Gesundheit und seine Kraft ließen ihn jubilieren. Seine Augen funkelten, sein Blut sang in den Adern – er fühlte sich so frei wie der Wind.

Von einem Baumwipfel aus sah ihm eine einsame Elster zu. „So eine verrückte Kreatur", murrte sie vor sich hin. „Ein Fuchs, der am hellichten Tag umherstolziert, daß ihn ja alle sehen können! Und dann ist es auch noch ein junger Fuchs. Seine Eltern haben ihm wohl nicht beigebracht, vorsichtig zu sein. So was!" krächzte sie. „Dann wird er es eben anders lernen müssen, fürchte ich."

Der Kühne ließ sich von der zeitweiligen Ruhe in der Landschaft nicht täuschen. Sein Vater hatte ihm genug über das Leben außerhalb des sicheren Parks erzählt, so daß er dessen Gefahren einschätzen konnte. Und wer verstand mehr von solchen Dingen als sein Vater, der Fuchs vom Farthing-Wald? Der war nämlich einst durch dieses Land gezogen und mit ihm eine große Schar von Tieren, die er aus der Zerstörung ihres alten Heimatwaldes in eine neue, bessere Zukunft im geschützten Reservat geführt hatte. Auf ihrer Wanderschaft waren alle Tiere – starke und schwache gleichermaßen – durch einen Schwur miteinander verbunden gewesen: dem Versprechen, sich gegenseitig zu helfen und zu beschützen. Daran hatten sie sich auch nach ihrer Ankunft im Reservat gehalten, und seither hatten sie es so beibehalten. Aber dem Kühnen stand der Sinn nach vollkommener Unabhängigkeit. Er vertraute auf die Kraft seines Körpers, und was seinen Charakter betraf: Nun, seine Eltern hatten ihm aus gutem Grund diesen Namen gegeben. Er hatte sich entschieden, in der wirklichen, rauhen Welt zu leben – mit all ihren Abenteuern und Gefahren.

Auf seinem Weg schreckte er eine Feldmaus auf, die sich trippelnd zwischen den Grashalmen aus dem Staub machte. Der Kühne bremste seinen Hals-über-Kopf-Galopp ab. Aber er brauchte eine Weile, bis ihm einfiel, daß von nun an jedes Tier – ob groß oder klein – ein Opfer seines Jagdgeschicks werden konnte. Hier draußen schuldete er niemandem Treue, niemandem war er verpflichtet. Kein Tier in der wirklichen Welt war an den Schwur gebunden. Als er zum Sprung ansetzen wollte, war das kleine Biest schon nicht mehr zu sehen. Der Kühne versuchte nicht, ihm nachzujagen; er war sicher, daß es sich schon in sein Schlupfloch verkrochen hatte. Langsamer als zuvor trabte er voran, sog die scharfriechende Luft ein und sah sich in der Umgebung vorsichtig nach irgendeinem Lebenszeichen um.

Die Elster beobachtete ihn immer noch, sie hatte auch das Entkommen der Maus bemerkt. „Scheint kein besonders guter Jäger zu sein“, sagte sie zu sich selbst. „Also, der wird noch einiges lernen müssen, sonst wird er hier nicht alt.“ Sie flog auf und kreischte dabei laut.

Der Kühne sah sich nach dem Geräusch um. Das auffällige Schwarzweiß der Vogelflügel blinkte wie ein Warnsignal vom dunstigen blauen Himmel herab. Die Elster landete nun auf einem Zweig und wippte dabei mit ihrem Schwanz auf und ab, um das Gleichgewicht zu halten. Als der Kühne weitertrabte, flog der Vogel wieder auf und landete auf der Erde, um etwas zu untersuchen, das seine Neugier geweckt hatte. Der junge Fuchs sah, wie er an etwas herumzupicken begann und mit seinem Schnabel mal in die eine, mal in die andere Richtung zerrte, um einen Bissen loszureißen.

Der Kühne dachte an seinen eigenen leeren Magen. Seit er den Hirschpark verlassen hatte, hatte er nichts mehr gegessen. Vielleicht gab es hier den einen oder anderen Happen für ihn zu holen? Mit einem Vogel konnte er es allemal aufnehmen. Er mußte nur loslaufen...

Als er heranstürmte, flatterte die Elster schwerfällig hoch und stieß dabei einen ärgerlichen, schimpfenden Schrei aus. Der Kühne entdeckte die verstümmelten Überreste einer schon längere Zeit toten Wildtaube. Er hatte überhaupt nichts gegen eine Mahlzeit aus Aas, auch wenn es schon stank. Also machte er sich gierig darüber her.

Die zornige Elster beobachtete ihn von einem nahegelegenen Aussichtspunkt. Sie fragte sich, ob er ihr wohl etwas übriglassen würde, und schließlich konnte sie ihren Ärger nicht mehr zurückhalten. „Ist das deine Vorstellung vom Jagen?“ kreischte sie zu ihm hinunter. „Die Füchse in dieser Gegend wenden ihr Jagdgeschick bei *lebenden* Beutetieren an. Und sie streifen *nachts* herum, wenn wir Vögel schon längst unsere Köpfe unter die Flügel gesteckt haben. Jeder richtige Fuchs würde über einen so schäbigen Brocken wie den da die Nase rümpfen.“

Der Kühne sah erstaunt hoch. Der Hinweis auf einen „richtigen“ Fuchs hatte ihn natürlich getroffen. „Wo ich herkomme, hat man mir beigebracht, keine Nahrung zu übersehen, die den Unterschied zwischen fressen oder hungrig sein bedeuten kann“, gab er zurück. „Aber ich kann dir versichern, daß ich alles über die Futtersuche bei Nacht weiß.“

„Wirklich?“ fragte die Elster spöttisch. „Ich vermute aber, daß es leichter für dich ist, einfach einem Schwächeren sein Fressen wegzuschnappen.“

„Normalerweise mache ich das nicht“, antwortete der Kühne, „obwohl die meisten das bestimmt als ein Naturgesetz ansehen würden – auch wenn es dir ungerecht vorkommt.“

„Ungerecht und habgierig“, bemerkte die Elster.

„Gut, das ist *deine* Meinung“, sagte der Kühne. „Zufällig sind von diesem Kadaver sowieso nur noch Federn übrig. Also verzichte ich gern darauf.“

Die Elster war jetzt ein wenig besänftigt und fragte: „Ist es eigentlich deine Gewohnheit, tagsüber unterwegs zu sein?“

„Gewohnheit? Nein, ich bin nicht anders als andere Füchse auch: Mir ist die größere Sicherheit im Dunkeln lieber. Ich habe nur mein neues Revier ausgekundschaftet.“

„Dein *Revier*?“ wiederholte die Elster. „Wenn du diese Gegend hier als dein Revier betrachtest, wirst du aber ein paar Überraschungen erleben, mein Kleiner.“

„Das bezweifle ich“, sagte der Kühne selbstbewußt. „Ich habe genauso das Recht, hier umherzustreifen, wie jedes andere Tier auch. Ich respektiere die Rechte der anderen, und die sollen gefälligst auch meine Rechte respektieren.“

„Oh, tatsächlich, das sollen sie?“ sagte die Elster und kicherte frech. „Na ja, wir werden ja sehen. Ich habe übrigens nicht nur auf andere Tiere angespielt, mußt du wissen.“

„Natürlich, du meinst Menschen“, erwiderte der Kühne sehr gelassen. „Nun, die sind auch mir nicht ganz fremd.“

Die Elster schüttelte den Kopf. „Ich weiß nicht, woher du kommst“, sagte sie, „aber nach deinem übergroßen Selbstvertrauen zu urteilen, muß es eine Gegend sein, in der es viel weniger Gefahren gibt als hier. Wenn ich es richtig sehe, dann wäre es das beste für dich, nicht zu lange hierzubleiben.“

Der Kühne lachte. „Der eigentliche Grund für mein Herkommen war ja gerade die Sehnsucht nach Abenteuern“, sagte er unbefangen. „Ich möchte zur wirklichen Welt gehören.“

„Dann wirst du vielleicht mehr Abenteuer erleben, als es

dir lieb ist", erwiderte die Elster spöttisch. „Du weißt anscheinend gar nicht, worüber du redest." Und dann flog sie davon; sie hatte etwas gegen die Überheblichkeit des jungen Fuchses.

Der Kühne fand das alles eher komisch. „Irgendwie muß ich sie verstimmt haben", murmelte er. „Vielleicht begegnen wir uns ja einmal wieder, wenn sich ihre Stimmung gebessert hat. Ich bin jedenfalls bestimmt nicht bloß das, wofür sie mich hält." Er lief weiter, furchtlos wie immer. Ein einziges Mal sah er sich noch um und bemerkte sofort, daß sich der Vogel wieder bei den begehrten Taubenresten niedergelassen hatte.

2

Der kühne junge Fuchs

An diesem Abend ging der Kühne nach einem kurzen Schläfchen wirklich auf die Jagd. Es war warm und windstill, auch dann noch, als er einen kleinen Wald betrat. Er kam an eine Stelle, wo die Erde dicht mit Efeu bewachsen war. Und in diesem Pflanzengewucher war deutlich das Rascheln und Scharren kleiner Tiere zu vernehmen. Der Kühne machte sich daran, sein Abendessen zu fangen.

Halb zum Zeitvertreib und halb im Ernst brachte er einen großen Teil der Nacht damit zu, Mäuse zu jagen. Immer wieder stürzte er sich auf eines dieser Tiere, die sich gerade auf der eigenen, lebensnotwendigen Nahrungssuche befanden. Schließlich war sein Hunger gestillt. Der junge Fuchs rollte sich unter einem Stechpalmenbusch zusammen, legte den Kopf auf seine Pfoten und schlief zufrieden ein.

Obwohl der Kühne dem menschlichen Auge verborgen geblieben wäre, war seine Anwesenheit im Wald sehr wohl bemerkt worden: von all den großen und kleinen Tieren, die zwischen den Bäumen herumschlichen oder auf einem Erkundungsflug unterwegs waren. Für manche war er ein Rivale, für andere wiederum eine zusätzliche Gefahr, vor der sie sich in acht nehmen mußten. Mit Sicherheit wußten bei Tagesanbruch schon alle Waldbewohner Bescheid, daß sich ein fremder junger Fuchs in ihrer Nachbarschaft aufhielt. Der Kühne jedoch hatte keine Ahnung davon, welche Aufmerksamkeit er auf sich gezogen hatte.

Erst spät am Tag wachte er auf. Er erhob sich und streckte sich ausgiebig. An einer mit Schilf bewachsenen Stelle bemerkte er ein Wasserloch und löschte dort seinen Durst. Langsam schlürfte er von dem Wasser, während seine Augen die Umgebung absuchten. Schon hatte er sein früheres Zuhause vergessen. Es gab so viel zu entdecken, so viele neue Eindrücke warteten auf ihn. Ungeduldig trabte er los, hin zum Waldrand – er fühlte sich stark und erfrischt.

Ein weiterer strahlender Augusttag empfing ihn, als er in das offene Hügelland hinaustrat. An der Schwelle zu diesem herrlichen, weiten Land blieb er kurz stehen und sah sich um. Wieder traf sein Blick nur auf ein ruhig daliegendes Land. Heiter und ausgelassen sprang er drauflos. In so einer Landschaft schienen die Warnungen der Elster völlig fehl am Platz zu sein.

Später tauchte am Horizont eine einzelne menschliche Gestalt auf. In ihrer Begleitung befand sich ein Hund, der kaum größer war als der Kühne selbst. Der Fuchs änderte nicht einmal seine Richtung. Sein leichter, gleichmäßiger Trab brachte ihn bis auf fünfzig Meter an die beiden heran. Der Mann beobachtete ihn, wie er vorüberzog. Und der Hund schnupperte irgendwelchen Gerüchen auf der Erde nach und beachtete ihn überhaupt nicht. Der Kühne fühlte sich jetzt noch aufgemunterter. Er war davon überzeugt, daß nichts und niemand ihn bezwingen könne.

Er begegnete keinen weiteren menschlichen Wesen, aber wie er so durch das hohe Gras lief, schreckte er eine Feldlerche aus ihrem ungeschützten Nest auf dem Boden auf. Die Vogelmutter stieg in die Luft hoch und stieß dabei ihren Warnruf aus. Der Kühne hatte bisher noch nie Eier probiert, also wußte er auch nicht – zum Glück für die Lerche –, daß man sie gut fressen konnte. Mit ausgelassenem Gekläffe rannte er weiter. Und die gesprenkelten weißen Eier lagen bald wieder unter dem warmen Brustgefieder der Vogelmutter verborgen.

Wo er auch hinlief, überall flogen Vögel auf und flohen vor ihm in die Luft. Hasen, die in der Nähe ihres Baues nach Nahrung unterwegs waren, nahmen sofort Reißaus, wenn er sich näherte. Der Kühne fühlte sich mehr und mehr als der Mächtigste hier in der freien Natur – von allen anderen gefürchtet und geachtet. Höchstens ein anderer Fuchs oder ein Dachs könnte seine Vormachtstellung angreifen. So war es kein Wunder, daß sein Selbstvertrauen ungebrochen war. Wenn er diese Elster wiedersähe, würde er ihr ins Gesicht lachen!

Bei Anbruch der Dunkelheit hatte er schon eine ansehnliche Strecke hinter sich gebracht. Er freute sich schon auf das nächtliche Jagen und auf aufregende Raubzüge, bei denen er seine Geschicklichkeit erproben konnte. Aber zunächst mußte er sich ausruhen. Ein schmaler Bach durchzog hier das Land. Eigentlich war es eher ein kleines Rinnsal, über das er leicht hinwegsetzen konnte. An seinem Ufer stand einsam ein alter Weißdornbaum, dessen untere Zweige fast bis an den Bach hinunterreichten. Der Kühne hielt schnurgerade auf den Baum zu und machte es sich unter dessen Laubdach bequem.

Er schlief nicht gleich ein, sondern lauschte noch eine Weile dem abendlichen Gezwitscher der Vögel, die sich aufs Schlafengehen vorbereiteten. Regelmäßig war der metallische Ruf eines Fasans zu hören. Mit keinem Gedanken mehr dachte der Kühne noch an seine Freunde, seinen Bruder und seine Schwester – nicht einmal an seinen berühmten Vater. Nur ein undeutliches Bild der Füchsin, seiner Mutter, ging ihm durch den Kopf. Er erinnerte sich, wie sie ihm im Naturschutzgebiet beigebracht hatte, sich an Beutetiere anzuschleichen. Und er erinnerte sich auch an ihre geschmeidigen und behenden Bewegungen.

Ein Geräusch schreckte ihn aus seiner Schläfrigkeit auf. (Er hoffte jedoch, daß dies niemand bemerkt hatte.) Das Geräusch rührte offensichtlich von einem großen Vogel her, der sich oben in dem Weißdornbaum niederließ. Der Kühne kläffte warnend, aber zu seiner Überraschung blieb der Vogel, wo er war. Offenbar fühlte er sich so außer Reichweite recht sicher, gab ein „Krah“ zur Antwort und spähte durch die dichten Zweige.

„Oho!“ rief er. „Hier also ist der kühne junge Fuchs. Ich habe dich heute schon ein paarmal gesehen.“

Der Kühne blickte empor, aber der dunkle Körper des Vogels war in der hereinbrechenden Nacht kaum mehr zu erkennen. Er erkannte in seinem Besucher eine Aaskrähe; von der Schnabelspitze bis zu den Füßen war sie so schwarz wie Ruß.

„Dein Interesse ehrt mich“, antwortete der Kühne freimütig.

„So ein großes Tier wie dich kann man tagsüber kaum übersehen“, gab die Krähe zurück. „Und ich muß mich bei dir noch bedanken.“

„Bedanken? Wofür denn?“

„Daß du etwas zu fressen für mich gefunden hast. Die Eier der Feldlerche, die du verschmäht hast, sind gleich in *meinem* Bauch gelandet.“

„Jeder nach seiner Art“, sagte der Kühne und gähnte.

„Und *deine* Art scheint unter den Füchsen wirklich einmalig zu sein“, bemerkte die Krähe.

Der Kühne seufzte. „Du meinst, weil ich tagsüber unterwegs bin?“ fragte er geduldig.

„Genau.“

„Was ist denn so ungewöhnlich daran?“ protestierte der junge Fuchs. „Auch Füchse sind manchmal bei Tageslicht unterwegs.“

„In dieser Gegend hier aber nicht“, sagte die Krähe knapp.

„Da, wo *ich* herkomme, aber schon“, beharrte der Kühne, „und ich sehe keinen Grund, warum ich nicht auch weiterhin die Umgebung erkunden soll, wann immer mir danach ist. Ihr Vögel seid vielleicht ein nervöses Volk – immer in Bewegung und nie länger als einen Augenblick lang ruhig. Und überall seht ihr anscheinend nur Gefahren.“

Die Krähe beachtete die letzten Bemerkungen des Kühnen nicht. „*Woher* kommst du denn?“ erkundigte sie sich.

Der Kühne zögerte. Wenn er das Naturschutzgebiet erwähnt hätte, hätte er sich von dem Vogel wohl nur eine spöttische Bemerkung eingefangen. „Oh... äh... von ganz schön weit her“, sagte er unbestimmt.

„Dort ist vielleicht vieles anders“, sagte die Krähe. „Es *gibt* Gegenden, wo menschliche Wesen das freie Leben der Tiere nicht stören dürfen. Aber in so einer Gegend bin ich noch nie gewesen.“

Der Kühne wußte nicht, ob die Krähe nicht vielleicht geschickt eine Vermutung über seine Herkunft angestellt hatte. Auf jeden Fall beachtete er ihre Äußerung nicht. „Also, ich habe hier durch die Anwesenheit von Menschen noch keine Schwierigkeiten bekommen“, prahlte er.

„Dann hast du viel Glück gehabt", bemerkte die Krähe. „Aber ich warne dich – an manchen Tagen ist die ganze Gegend voll von ihnen."

„Ich danke dir für deine Warnung", sagte der Kühne. „Aber ich kann ganz gut auf mich selbst aufpassen. Und jetzt will ich schlafen, wenn du nichts dagegen hast."

„Laß dich von mir nicht stören", sagte die Krähe. „Ich werde mich auch zur Ruhe begeben."

Die nächsten paar Tage schienen die Behauptung des Kühnen, daß hier nichts zu befürchten sei, zu bestätigen. Wie bisher entdeckte der Kühne nur ab und zu Menschen in dem Hügelland: einzelne Gestalten, ein Paar oder höchstens drei auf einmal. Er bewahrte einen sicheren Abstand von ihnen und streifte dann nicht so weit herum. Er hatte inzwischen ein gutes Jagdgebiet gefunden, in das er immer wieder zurückkehrte. Und das schöne Wetter dauerte an.

Dann, eines Tages, als der junge Fuchs gerade zwischen ein paar Farnpflanzen lag und sich sonnte, veränderte sich seine ruhige, unberührte Welt plötzlich schlagartig. Er befand sich auf einem kleinen Hügel, und diesen Hügel herauf – genau auf ihn zu – kam eine größere Gruppe von Menschen, ungefähr dreißig an der Zahl. Es waren Spaziergänger, und sie kamen schnell näher. Der Kühne hatte keine Zeit mehr, sich zu verstecken. Außerdem war das Farnkraut hier sowieso weder dicht noch hoch genug, um ihm als Deckung dienen zu können. Zum erstenmal bekam der junge Fuchs Angst. Noch nie zuvor hatte er so viele Menschen auf einmal gesehen.

Als er aufsprang und davonlief, entdeckte ihn der vorderste der Gruppe und machte gleich mit begeistertem Schreien und Winken alle anderen auf ihn aufmerksam. Natürlich wollten sie ihm nichts tun, sondern ihn einfach nur bestaunen. Ihr lautes Geschrei erschreckte den Kühnen noch mehr, und in Panik stürzte er ziellos hin und her, bis er zwischen ihre Beine geriet und einige gar ins Stolpern brachte. Endlich entdeckte er ein Stück offenes Land vor sich und stürmte darauf zu. Er erwartete, daß ihn diese fürchterliche Menschenmeute im nächsten Augenblick verfolgen würde. Da er nichts über Menschen wußte, ahnte er auch nicht, daß er ihnen leicht entkommen konnte.

Während er noch lief, sah er voller Angst zurück und war vollkommen überrascht, daß seine Entdecker bewegungslos dastanden und seiner Flucht ruhig zusahen. Als er sich nochmals umwandte, waren sie schon ihrer Wege gegangen. Der Kühne hielt inne.

Als er sich vom Schock seines ersten Zusammentreffens mit Menschen erholt hatte, dachte er über das Geschehene nach. Es kam ihm jetzt so vor, als ob seine Furcht vor Gefahr sich als unbegründet erwiesen hätte. Seine Erleichterung war grenzenlos, und sein Selbstbewußtsein bekam neuen Auftrieb. Aber gerade das sollte sich als die eigentliche Gefahr für den Kühnen herausstellen.

3

Der Fasanenwald

Während der nächsten paar Wochen zog der Kühne weit herum: Er kam auch durch von Menschen bewohntes Gebiet – durchstreifte Äcker und Weiden zwischen verstreut liegenden Gehöften. Mittlerweile war er ausgewachsen und ein prächtiges Exemplar eines männlichen Fuchses geworden. Er war wohlgestaltet und muskulös, sein Fell war schön und glänzend, und er hatte einen buschigen Schwanz. Er war auch kräftig gebaut und konnte mit beachtlicher Geschwindigkeit laufen, ohne müde zu werden. Obwohl er so vernünftig war und den Menschen nicht zu nahe kam, hatte er doch eine Furchtlosigkeit vor seinem einzigen wirklichen Feind entwickelt, die schon an Hochmut grenzte. Er glaubte, seine angeborene List und Schläue wären dem Menschen überlegen.

Nahrung war reichlich vorhanden und seine Kost immer abwechslungsreich. Einmal erlegte er ein Rebhuhn, das gerade vor ihm von der Erde hochflatterte. Und von diesem Augenblick an hatte er Geschmack an Wild gefunden. Das unermüdliche Jagen brachte ihn während seiner nächtlichen Raubzüge in jeden Winkel der Gegend, aber nicht immer war er erfolgreich. Dann kam er eines Abends an eine Stelle, wo der Geruch von Wild förmlich in der Luft zu hängen schien. Es war ein Waldgebiet, das durch einen Zaun von den umliegenden Ländereien abgetrennt war. Aber der Zaun war alt und ramponiert und stellte kein Hindernis für einen entschlossenen jungen Fuchs dar.

Innerhalb der Umgrenzung gab es deutliche Spuren von Menschen. Wo die Erde weich und feucht war, waren ihre unverwechselbaren Fußabdrücke deutlich zu erkennen. Der Kühne interessierte sich aber nicht dafür. Er spürte etwas weit Anziehenderem nach. Das Wasser lief ihm im Maul zusammen vor lauter Vorfreude auf die Mahlzeit, die ihn erwartete. Umsichtig und geräuschlos schlich er durch das Unterholz. Er wußte, daß sein Opfer nicht mehr weit war.

Unter einem Brombeerdickicht schreckte eine Fasanenhenne aus ihrem Schlaf auf. Der Kühne stürzte vor, ein schnelles Zupacken seiner mächtigen jungen Kiefer – und schon war alles vorbei. An diesem Abend hielt er ein stattliches Festessen.

Auf einem kleinen Hügel stand eine große Buche, einige ihrer Wurzeln lagen frei. Eine einladend abgelegene Höhle unter den Wurzeln erregte die Aufmerksamkeit des Kühnen. Vorsichtig schnupperte er an ihr herum. Es roch sehr stark nach Dachs, aber es war kein Geräusch zu hören. Der Kühne war sicher, daß die Bewohner nicht zu Hause waren. Er hatte keine Angst vor Dachsen. Ein alter Dachs war ein vertrauter Gefährte seines Vaters gewesen und hatte in seinem früheren Leben im Reservat eine wichtige Rolle gespielt. Der Kühne ging ein paar Schritte in die Höhle hinein und rollte sich auf der Erde zusammen, um zu schlafen.

Gegen Morgen erwachte er augenblicklich, als der Eigentümer des Baus zurückkehrte. Der Kühne stellte sich darauf ein, seine Behelfswohnung zu verlassen – sie hatte ihren Zweck gut erfüllt. Am Eingang der Höhle stand unsicher ein Dachsweibchen und beroch umsichtig die Luft um seinen Bau. Auf ein Zusammentreffen mit einem Fuchs wollte es sich nicht ohne weiteres einlassen.

Aber der Kühne war freundlich aufgelegt. „Sei bitte nicht beunruhigt", sagte er. „Ich habe bestimmt nichts Böses im Sinn."

„Bist du allein?" fragte die Dächsin ängstlich.

„Ganz allein", antwortete der Kühne.

„Füchse und Dachse gehen sich in diesem Wald normalerweise aus dem Weg", fuhr sie fort. „Darum habe ich dich wohl noch nie gesehen."

„Nein, ich bin fremd hier", antwortete der Kühne. „Ich habe den Flecken hier nur zufällig gefunden."

„Dann kann ich mir schon denken, warum du hierher gekommen bist."

„Meine Nase hat mich hergeführt", erklärte der Kühne scherzhaft.

„Ja, eine Menge Füchse kommen aus dem gleichen Grund hierher", bemerkte die Dächsin. „Die meisten bleiben aber nicht lange."

„Zuviel Konkurrenz?" fragte der junge Fuchs.

„So könnte man es nennen", antwortete sie, „obwohl es nicht die Art Konkurrenz ist, an die du denkst."

„Was für eine dann?"

„Hast du die Fußabdrücke nicht gesehen?"

„O doch, aber ich habe sie nicht beachtet", prahlte er.

„Du bist töricht, wenn du das nicht tust", sagte sie. „*Da* ist deine wirkliche Konkurrenz."

„Menschen?"

„Natürlich. Was glaubst du denn, warum es hier so viele Wildvögel gibt?"

„Das habe ich mir nicht überlegt."

„Gut, dann werde ich es dir erzählen", sagte die Dächsin. „Menschen haben sie hier zu *ihrem* Gebrauch ausgesetzt."

„Was für ein Gebrauch? Das verstehe ich nicht", sagte der Kühne. „Fressen Sie sie *auch*?"

„Ich glaube schon. Jedenfalls jagen sie sie."

„Hm." Der Kühne überlegte. „Kein Wunder, daß Füchse nicht oft hierbleiben. Aber du – du hast hier dein Zuhause eingerichtet!"

„*Ich* lebe vergleichsweise sicher", sagte sie. „Ich mache mir nichts aus Fasanen, und sie – die Menschen, meine ich – scheinen das zu wissen."

„Ich verstehe. Im Moment scheinen aber keine Menschen hier zu sein. Dann wage ich es vielleicht und bleibe noch hier."

„Sie haben noch nicht angefangen zu jagen. Aber ich warne dich. Du kannst *trotzdem* in Gefahr geraten. Da gibt es einen Menschen, der hier immer unterwegs ist und nachsieht, ob jemand hinter seinen kostbaren Vögeln her ist."

„Ach, einer! Ich bin sicher, daß ich es mit dem aushalten kann", sagte der Kühne leichthin.

„Ja, nun – vielleicht. Aber der Sommer geht zu Ende, und *das* bedeutet, daß sie bald in großer Zahl auftauchen werden. Sie scheuchen die Vögel aus dem Dickicht heraus und schießen sie dann über dem offenen Land. Und wenn *das* geschieht, wehe jedem anderen Tier, das sich hier herumtreibt. Dann sind wir *alle* Jagdwild."

„Darüber werde ich mir Gedanken machen, wenn es soweit ist", sagte der Kühne gleichgültig. „Hab Dank für deinen Rat – und für deinen warmen Bau."

Die Dächsin sauste in ihren Bau. „Schon recht", sagte sie. „Aber merk dir – das ist *mein* Lager."

„Klar", bestätigte er und ging seines Wegs.

Der Kühne berücksichtigte die Warnung der Dächsin, als er die Einfriedung bei Tageslicht verließ, um seine Erkundungen fortzusetzen. Aber als es Abend wurde, kehrte er wieder zurück. Mit gespitzten Ohren nach dem leisesten Geräusch menschlicher Schritte lauschend, machte sich der junge Fuchs auf, um sein zweites Opfer zu erlegen.

Jetzt, da sich der Geruch eines Fuchses – eines neuen Fuchses – im Wald ausgebreitet hatte, war das furchtsame Vogelwild nicht mehr so einfach im Schlaf zu überraschen. Aber es gab da ein Tier, das früher einmal von einem Hermelin verletzt worden war und nicht mehr fliegen konnte. Der Kühne machte kurzen Prozeß mit ihm. Und in den folgenden Nächten wurde die Begierde des Kühnen, sein Jagdgeschick zu erproben, mehr als gestillt.

Mit der Zeit wurde er ein Experte im Aufspüren von Fasanen. Zwar war er bei der Jagd auf seine Lieblingsbeute nicht immer erfolgreich, aber jeder Fehlschlag steigerte seinen Appetit nur noch mehr. Sein Alltag bekam eine Gleichförmigkeit, die ein, zwei Wochen anhielt.

Jeden Abend verließ er das offene Gelände und drang in den eingezäunten Wald ein. Er begegnete zwar nie dem Wildhüter, aber beide wußten sehr wohl vom Vorhandensein des anderen. Und wenn Gefahr drohte, gelang es dem Kühnen jedesmal, seinem Feind zu entkommen.

Hin und wieder schaute der junge Fuchs bei der Dächsin oder bei einem ihrer Familienmitglieder vorbei. Jedesmal waren sie überrascht, daß er noch immer in ihrem Wald herumstreifte. Er aber wischte ihre Bedenken nur verächtlich beiseite. Er war stolzer denn je auf seine Geschicklichkeit und begann zu glauben, er hätte wirklich außergewöhnliche Fähigkeiten.

Eines Abends, als ihm das Glück nicht so hold wie sonst war, beschloß der Kühne, sich eine noch unbekannte Ecke des Waldes vorzunehmen. In diesem Gebiet mischte sich ein neuer, stärkerer Geruch unter den verführerischen Fasanenduft. Bald entdeckte er, wo er herkam. An einer am Zaun festgemachten Schnur hingen einige verfaulende Kadaver und schaukelten leicht im Abendwind. Die grausige Sammlung bestand hauptsächlich aus Vögeln wie Aas- und Saatkrähen, aber auch die halbverrotteten Körper eines Wiesels und eines Hermelins waren dabei. Der Kühne bemerkte sofort, daß er ein Werk seines Feindes, des Wildhüters, vor sich hatte.

Schockiert, aber auch gefesselt von diesem Anblick stand er da. Für seine feine Nase war der Geruch fast unerträglich. Die Körper hingen offenbar schon längere Zeit dort, um mögliche Eindringlinge von dem kostbaren Vogelwild abzuschrecken. Ein Fuchs oder die Überreste eines Fuchses waren nicht unter dieser absonderlichen Sammlung. Der Kühne frohlockte. Der Mensch hatte keine Gewalt über seinesgleichen. Das hier waren allesamt kleine Fische – schwache Kreaturen, die nicht auf sich selbst aufpassen konnten. Aber ein Fuchs war schon etwas anderes. Kein Mensch war in der Lage, sich in seine Geschäfte einzumischen.

Kurz darauf schnappte er sich seine Beute. Er trug sie nicht etwa in ein Versteck, um sie in Sicherheit zu verschlingen, sondern schleppte sie zum „Richtplatz“ des Wildhüters und verspeiste sie dreist unter den schaukelnden Trophäen. Nur eine Handvoll Federn und Knochen ließ er übrig: Er war nicht so leicht einzuschüchtern!

4

Das wahre freie Leben

Am nächsten Abend betrat der Kühne den Wald mit besonderer Vorsicht. Dieser Richtplatz hatte ihn zwar nicht sonderlich beeindruckt, aber er rechnete doch damit, daß der Wildhüter irgendwie auf seine herausfordernde Geste reagieren würde. Er schlich gerade in der Nähe des Dachsbaus herum, als ein schriller, angsterfüllter Schrei die Luft durchdrang. Ihm folgte verzweifeltes Schnauben und Stöhnen.

Der Kühne hastete sogleich in die Richtung, aus der die Laute kamen, und fand an einer Stelle, an der er auf seinen Raubzügen üblicherweise vorbeikam, die Dächsin in einer schrecklichen eisernen Falle gefangen. Je mehr sie gegen sie ankämpfte, um so fester schien die Falle wie ein Schraubstock zuzupacken. Eine starke Drahtschlinge grub sich so in ihren Rücken, daß sie nach Luft japste und Gefahr lief, verstümmelt zu werden.

Der Kühne beschnupperte vorsichtig die Schlinge. Er wäre sofort zurückgewichen, wenn sie ihm gefährlich geworden wäre. Die arme Dächsin keuchte vor Angst und sah ihn aus stumpfen, hoffnungslosen Augen an. Der junge Fuchs war überzeugt, daß diese Falle für ihn aufgestellt worden war und daß die unglückliche Dächsin an seiner Statt hineingetappt war. Unfreiwillig hatte sie ihn vor dem sicheren Tod bewahrt. Er stand tief in ihrer Schuld. Nun besah er sich die von Menschenhand gebaute Vorrichtung genauer.

„Ich werde versuchen, dir zu helfen“, sagte er ruhig zu der Dächsin. „Halte ganz still.“

Das gefangene Tier hatte bereits aufgehört, sich zu sträuben. Die Schmerzen waren einfach zu stark. Erstaunt vernahm die Dächsin die Worte des Kühnen. Was konnte er meinen? Warum rannte er nicht davon, solange ihm noch nichts passiert war? Der stärkste Trieb eines jeden Tieres war doch der nach Selbsterhaltung. *Sie* hatte man gefangen, nicht ihn. Sie kauerte sich noch mehr zusammen und war nicht imstande, ihm zu antworten.

Der Kühne hatte bemerkt, daß diese starke Schlinge das einzige war, was ihr die Freiheit verwehrte: Sie preßte den Körper der Dächsin erbarmungslos zu Boden. Einmal darin gefangen, war es für ein Tier unmöglich, sich selbst zu befreien – es kam an die Schlinge im Rücken nicht heran. Aber von außerhalb der Falle konnte man die Schlinge hochstemmen oder vielleicht durchtrennen. Das einzige Werkzeug des Kühnen waren seine kräftigen Kiefer.

„Ich werde den Draht durchbeißen“, sagte er halb zu der Dächsin und halb zu sich selbst. Er versuchte ihn zu packen, aber der Draht drückte ihr zu tief ins Fleisch. Es war unmöglich, ihn zwischen die Zähne zu bekommen, ohne die Dächsin zu verletzen. Ein schweres, ängstliches Keuchen kam über ihre Lippen, als er es das erstemal versuchte. Dann probierte er es an einer anderen Stelle. Wieder wand sie sich vor Schmerzen und kniff die Augen zusammen. Enttäuscht ließ der Kühne erst mal von der Falle ab.

Er witterte und lauschte angestrengt nach einem Geräusch von dem Fallensteller. Alles schien ruhig zu sein. Dann machte er sich mit noch größerer Entschlossenheit ans Werk. Jetzt bemerkte er, daß auf einer Seite ein kurzes Stück Draht nicht den Rücken der Dächsin berührte. Er nahm es zwischen seine Zähne und biß fest zu. Aber es passierte überhaupt nichts.

„Es kann noch eine Weile dauern", sagte er. „Aber wir haben ja noch die ganze Nacht vor uns."

Die Dächsin hatte sich schon auf Gedeih und Verderb der Gnade des Wildhüters ausgeliefert. Ohne recht zu begreifen, hörte sie, wie die Fangzähne des Kühnen an dem Draht rieben. Weshalb tat er das? Wahrscheinlich würde er sich dabei doch nur selbst verletzen. Die Nachtstunden krochen langsam dahin.

Als der Kühne wieder einmal eine Pause machte, um seinen schmerzenden Kiefern ein wenig Ruhe zu gönnen, glaubte er ein gleichmäßiges Stampfen zu hören – ein Stampfen in der Ferne. Er erstarrte – jeder Nerv und jeder Muskel bebte vor Anspannung. Ja, es gab keinen Zweifel. Irgend etwas näherte sich – dieses regelmäßige Auftreten konnte nur das Geräusch menschlicher Schritte sein. Der Wildhüter kam, um sein Werk zu begutachten!

In wilder Verzweiflung stürzte sich der Kühne wieder auf den Draht. Er wußte, daß er jeden Augenblick würde fliehen müssen.

Dann, ganz plötzlich, schnellte der brüchige Draht wie eine Peitsche hoch und kratzte ihm dabei fast ein Auge aus. Fast im selben Moment machte sich die Dächsin frei und rannte instinktiv geradewegs zu ihrem Bau. Der Kühne jagte hinterher.

Keuchend lagen sie dann in dem dunklen Bau nebeneinander. Ein Auge des Kühnen tränte stark, und da, wo ihn die Spitze des durchtrennten Drahts getroffen hatte, tröpfelte Blut aus einer Wunde. Auch der Rücken der Dächsin war verletzt und blutete stark.

„Warum? Warum?" murmelte sie immer wieder.

Der Kühne antwortete nicht, sondern rieb mit dem Pfotenrücken an seinem verletzten Auge, als könnte es so geheilt werden.

Überwältigt von ihren Erlebnissen, fielen sie bald in einen unruhigen Schlaf.

Die Dächsin wachte zuerst auf. Ihr Rücken tat zwar noch sehr weh, aber der Gedanke daran, daß sie noch lebte, erfüllte sie mit heller Freude. Es war, als ob sie den Tod überlistet hatte. Aber nein! Nicht *sie* hatte ihn überlistet. Jetzt erinnerte sie sich an ihren Gefährten. Sie roch das Blut auf seinem Gesicht und begann es abzulekken, sanft und voller Dankbarkeit. Der Kühne wachte auf und schüttelte seinen Kopf, als ob er so seine Schmerzen loswerden wollte.

„*Warum* hast du das getan?" fragte sie ihn.

Er sah sie einen Moment lang an. „Diese Falle hatte man für mich aufgestellt", antwortete er dann.

Die Dächsin begriff immer noch nicht, was er meinte. „Dann bist du derjenige, der ihr entkommen ist?" stammelte sie.

„Ja", sagte er. „Ich bin dem Tod entkommen – wegen dir."

„Warum sollte ich dann leben?" fragte sie verwirrt weiter.

Jetzt war der Kühne an der Reihe, nicht zu verstehen. „Aber warum solltest du *sterben,* nur weil ich Glück gehabt habe?" fragte er nachdrücklich.

„So ist das Leben“, antwortete sie nüchtern.

„Nein, das wäre nicht das Leben, das wäre der Tod“, berichtigte er sie. „Und das wäre ein zu großes Opfer.“

„Meine Unvorsichtigkeit hat mich in die Falle tappen lassen“, sagte die Dächsin. „Ich bin selbst schuld gewesen.“

„Und ich war es dir schuldig, dir da herauszuhelfen, solange ich frei herumlaufen konnte“, versuchte der Kühne zu erklären. Aber er sah, daß sie noch immer nicht verstand. War das also das wahre freie Leben? Diese selbstverständliche Gleichgültigkeit gegenüber dem Leiden oder dem Tod eines anderen – sogar dann, wenn man für dessen Leid verantwortlich war? *Er* war mit einem Gesetz aufgewachsen, das sein Vater begründet hatte und das durch den Schwur bewahrt wurde: Man hilft seinen Freunden, wenn sie in Not sind, und kann das gleiche auch von ihnen erwarten. Aber er glaubte sich auch daran erinnern zu können, daß dieses Gesetz nur für eine bestimmte Gruppe von Tieren im Naturschutzgebiet galt – für die, die sich vor langer Zeit zusammen auf die Wanderschaft hin zu dem sicheren Park gemacht hatten.

Die Dächsin unterbrach ihn in seinen Gedanken. „Ich werde dir immer dankbar sein“, sagte sie, „und ich bin jetzt sehr in *deiner* Schuld.“ Sie zögerte. „Wenn ich deinem Beispiel folge – und das muß ich ja wohl –, kann ich dir nur meine Hilfe und die meiner Sippe anbieten, für den Fall, daß du sie einmal benötigst.“

„Ich bin froh, daß ich dich befreit habe“, sagte der Kühne nur. „Und ich ...“

„Und du hast dich dabei verletzt, fürchte ich“, unterbrach sie ihn.

„Das wird verheilen“, sagte er.

„Hilft mein Lecken?“ fragte sie ihn.

„Es tut wirklich gut“, antwortete er.

Sofort machte sie damit weiter.

„Morgen werde ich weiterziehen“, sagte der junge Fuchs entschlossen. „Diese Geschichte war eine Lehre für mich.“

„Das ist vernünftig“, antwortete sie.

„Aber zuerst“, sagte der Kühne übermütig, „werde ich mir noch eine Fasanenmahlzeit genehmigen.“

„Und ich“, erwiderte die Dächsin, „werde dir helfen, sie zu besorgen.“

5

Menschen können gefährlich sein

Seine letzte Wildmahlzeit in diesem Wald vertilgte der Kühne, ohne nochmals von dem Wildhüter gestört zu werden. Der Fuchs und die Dächsin verabschiedeten sich voneinander, und er ermahnte sie, in Zukunft vorsichtiger zu sein.

Sein Auge schmerzte noch immer und tränte so stark, daß er nicht besonders gut sehen konnte. Aber auch wenn er verletzt war – er würde weiterhin ein angenehmes Leben führen. Schließlich war er den Menschen entkommen – er hatte sie sogar hereingelegt. Der Kühne sollte jedoch bald am eigenen Leib erfahren, daß er sich ein wenig zu lange in dieser Gegend aufgehalten hatte.

Er fand ein Ginstergestrüpp, in das man sich tagsüber wunderbar zurückziehen konnte. Es gehörte zu den Ländereien eines Bauernhofes, lag aber frei in der Landschaft, und es wurde sein Versteck. Sorgfältig kennzeichnete er es an mehreren Stellen, damit es jeder als sein Eigentum erkennen konnte. Bald darauf wurde er an einem Morgen von Gewehrschüssen geweckt.

Er sprang auf und sah sich aus seinem Versteck heraus in der Umgebung um. Auf dem Kamm eines kleinen Hügels standen in Abständen von ein paar Metern viele Männer – alle mit Gewehren. Am Himmel kreisten Vögel, die voller Panik dem unter ihnen lauernden Tod zu entkommen suchten. Immer wieder knallten Gewehrschüsse, und eine große Zahl der Vögel sackte im Flug plötzlich in sich zusammen und stürzte kopfüber zur Erde. Stoßweise flogen die Vögel auf: von den Wiesen aufgescheuchte Rebhühner und Fasane, die man in dem Wäldchen aufstöberte, wo sie als Jungtiere ausgesetzt worden waren. Mit ihren angelegten Gewehren sandten die Männer nach allen Seiten den Tod aus. Die Jagdsaison war in vollem Gang.

Der Kühne erinnerte sich an die Bemerkung der Dächsin, daß kein Leben mehr sicher ist, wenn erst Gewehre in der Nähe sind. Das scheußliche Krachen dieser furchtbaren Maschinen erschreckte den jungen Fuchs außerordentlich. Sollte er davonrennen oder in seinem Versteck bleiben? Mit einem dumpfen Schlag fiel plötzlich ein Fasan direkt vor seine Füße. Und dann sah er, wie sich ein großer Hund nach dem Vogel auf den Weg machte. Jetzt blieb ihm keine Wahl mehr.

Er vermied die Richtung, aus der der Apportierhund kam, und stürmte so schnell er konnte aus dem Ginstergebäusch heraus und auf und davon – weg von dem Gewehrfeuer, glaubte er. Wie er so dahinjagte, tränte sein verletztes Auge fürchterlich. Und das war der Grund, warum er einen verhängnisvollen Fehler machte. Er schien wie durch Nebelschwaden zu laufen, und er hatte schon fast die zweite Reihe Männer erreicht, bevor er sie überhaupt sah. Einer der Jäger lud gerade sein Gewehr nach und schrie seinen Gefährten sogleich etwas zu, als der Kühne auftauchte. Ein Fuchs war schließlich auch ein lohnendes Ziel! Als der Kühne in Todesangst einen Haken schlug, sah er, wie einer der Männer seine Waffe anlegte und auf ihn zielte. Der Fuchs vergrößerte noch seine Geschwindigkeit, hörte dann ein Krachen hinter sich und spürte im nächsten Augenblick einen fürchterlich brennenden Schmerz in seinem rechten Schenkel. Der Kühne stürzte zu Boden.

Der Jäger jubelte laut. Bevor aber noch irgend etwas geschehen konnte, flog erneut eine Reihe von Rebhühnern auf und zog die Aufmerksamkeit der Männer auf sich. Der Kühne rappelte sich hoch. Er konnte seinem verwundeten Bein jetzt keine Beachtung schenken. Es fühlte sich ganz taub an, und als er versuchte, auf ihm zu stehen, durchfuhr ihn erneut ein heftiger Schmerz. Instinktiv behalf er sich mit seinen drei gesunden Beinen und hinkte langsam und wacklig weiter. Das verletzte Bein zog er auf der Erde nach – er konnte es nicht anheben. Jeden Moment erwartete er den Schlag eines zweiten Gewehrschusses, der ihn vollends zur Strecke bringen würde. Aber er blieb aus. Zum Glück für ihn waren die Vögel für die Jäger im Moment von größerem Interesse.

Es schien sehr lange – eine Ewigkeit – zu dauern, bis er sich an einen einigermaßen sicheren Platz geschleppt hatte und in einem Wassergraben zusammensank. Sein Bein blutete stark und ließ ihn seinen erbarmungslos hämmernden Puls spüren. Das Wasserrinnsal in dem Graben kühlte ihn ein wenig ab, und er trank ein bißchen davon. Die Bleikugel aus dem Gewehr hatte – das wußte er zwar nicht – seinen Schenkel durchschlagen, was Glück im Unglück für ihn bedeutete. Er wagte es nicht, lange ruhig dazuliegen, und so hinkte er in dem Graben weiter – hier war er wenigstens nicht zu sehen.

Der Graben führte direkt durch ein Dickicht. Der Kühne kletterte aber erst heraus, als er sich unter überhängenden Bäumen noch ein wenig geschützter fühlte. Nun mußte er ein gutes Versteck finden – und zwar rasch. Er hielt direkt auf ein dichtes Brombeergebüsch zu und kroch durch das reißende Dornengestrüpp mitten hinein. Er fühlte sich schwach und benommen und hatte kaum mehr genug Kraft, um sein Fell abzulecken.

Der Lärm des Gewehrfeuers hielt unvermindert an, doch die meiste Angst hatte der Kühne jetzt vor den Hunden. Würden sie ihm nachspüren? Er vermutete, daß eine Blutspur direkt bis zu seinem Versteck führte. Jeder Hund konnte ihn ausfindig machen, sobald der sie gewittert hatte. Er konnte nur abwarten. Es gab auch keine Möglichkeit, sich zu verteidigen. Wenn die Hunde kommen würden, wäre das sein Ende, das wußte er. Und das Beste, worauf er dann noch hoffen könnte, wäre ein rascher Tod. Der Kühne versuchte wach zu bleiben, aber seine Schwäche machte ihn wehrlos gegen eine aufkommende Müdigkeit, und langsam verlor er das Bewußtsein.

Es war schon dunkel, als er wieder erwachte. Er hatte keine Ahnung, wie lange er geschlafen hatte, aber jetzt war ringsum alles wieder friedlich – kein Gewehrfeuer, kein Hundegebell. Das Blut um seine Wunde herum war getrocknet, es hatte sein ganzes Fell verklebt. Er versuchte aufzustehen, um sein verletztes Bein auszuprobieren. Aber es war so steif geworden, daß er es nicht einmal beugen konnte. Er sank in sich zusammen und fragte sich, was in aller Welt er nur tun sollte. Er hatte zwar keinen Hunger, aber sein Fieber hatte ihn schrecklich durstig gemacht. So lag er eine Weile da und fühlte sich unbeschreiblich niedergeschlagen und einsam. In solchen Momenten –

dachte er – sehnt man sich nach Gesellschaft, gleich welcher Art. Jetzt wünschte er sich, daß sein Bruder, der Friedfertige, bei ihm wäre. *Er* hätte versucht, ihn aufzuheitern.

Aber dann ärgerte er sich über sein Selbstmitleid. War das etwa die richtige Haltung für einen tapferen jungen Fuchs, der gerade seinen ersten Rückschlag erlebt hatte – für einen Fuchs, der sich für die Selbständigkeit entschieden, der nach völliger Freiheit *verlangt* hatte? Natürlich nicht. Andererseits war dies mehr als nur ein Rückschlag. Er hatte wirklich nicht damit gerechnet, in seinem schönen neuen Leben zum Krüppel zu werden. Aber vielleicht war er ja gar nicht verkrüppelt? Es war noch zu früh, um das mit Bestimmtheit sagen zu können. So oder so, er sollte froh sein, daß er noch am Leben war. Aber... aber... was war eigentlich gut daran, am Leben zu sein, wenn man ein Krüppel war? Für einen jungen Fuchs ist das wie lebendig begraben sein. Nun gut, dieses Erlebnis war eine Art Prüfstein für seinen Charakter. Er durfte sich jetzt nicht hängenlassen. Er mußte stark sein und entschlossen versuchen, seine Schwierigkeiten zu überwinden... Die Gedanken kreisten in seinem Kopf, bis er abermals einschlief.

Als der Kühne wieder die Augen aufschlug, war es immer noch dunkel. Der Durst quälte ihn jetzt so sehr, daß er irgendwie versuchen mußte, Wasser zu finden. Er schleppte sich aus dem Innern des Brombeergestrüpps heraus und zog dabei sein verletztes Bein nach. Draußen, im zugänglicheren Teil des Waldes, versuchte er wieder auf allen vier Pfoten zu stehen. Und wieder knickte das verwundete Bein unter ihm weg. Die Schmerzen waren nicht auszuhalten. Der Kühne biß die Zähne zusammen und humpelte auf drei Beinen vorwärts. In einer Erdmulde fand er eine Pfütze und schlürfte gierig das Wasser. Er trank lange, bis sein riesiger Durst gelöscht war. Dann setzte er sich umständlich nieder, wobei er darauf achtete, daß sein Gewicht nur auf seiner unverletzten Seite ruhte.

Das war ja eine schöne Bescherung! Wenn er ein Beutetier erlegen wollte, war er auf Schnelligkeit und die Kunst des Anschleichens angewiesen. Und jetzt könnte er nicht einmal mehr richtig zupacken, selbst wenn er ganz nah an ein Opfer herankommen würde! Vorbei war es mit den Jagdausflügen nach irgendwelchen Leckerbissen. Insekten, Würmer und Früchte waren das einzige, worauf er noch hoffen konnte. Wenigstens schmerzte sein Auge nicht mehr, wenn es auch immer noch tränte.

Jetzt hatte er Hunger. Er schaute sich ein wenig um, konnte aber nichts ausmachen. Dann erinnerte er sich an das Brombeergebüsch. Er erhob sich vorsichtig und hinkte zu seinem Unterschlupf zurück. Das Gebüsch war voller Brombeeren. Die waren auf jeden Fall eine Art Mahlzeit.

Der Kühne sammelte also Beeren, was ihm keine große Mühe machte. Plötzlich sah er, wie sich zwischen den dornigen Zweigen etwas bewegte. Da saß eine Haselmaus auf ihrem Hinterteil und tat das gleiche wie er; geschickt knabberte sie an einer Beere, die sie mit ihren Vorderpfoten festhielt. Sie bemerkte die Anwesenheit des großen Tieres gar nicht und drehte die Frucht langsam in ihren kleinen Klauen, um an die besten Stellen heranzukommen. Dann warf sie den Rest weg, um sich eine neue Beere zu suchen. Der Kühne rührte sich nicht. Diese Kreatur stellte eine willkommene Bereicherung seiner Mahlzeit dar, bloß erwischen mußte er sie noch. Er sah, wie die Maus immer näher kam. Endlich war sie in Reichweite. Der Kühne stürzte vor und schnappte zu. Aber seine Zähne bissen ins Leere. Erschrocken sprang die Haselmaus vor ihm auf die Erde und rannte davon; und der Kühne hinkte vergeblich hinter ihr her. Natürlich war sie viel zu schnell für ihn und flitzte einfach an einem großen Busch in die Höhe. Als sie außer Reichweite und damit in Sicherheit war, saß sie zitternd auf einem Zweig und schaute mit ihren schwarzen, perlenartigen Augen zu ihm hinunter.

„Du hast Glück, daß ich verletzt bin", sagte der Fuchs voller Widerwillen, „sonst würdest du nicht da oben sitzen, soviel steht fest."

„Wenn du nicht mal eine Maus fangen kannst, wirst du bald verhungern", gab das entkommene Tier zurück.

„Sei du dir bloß nicht zu sicher", sagte der Kühne. „Ich werde dich einfach tagsüber aufstöbern, wenn du schläfst."

„Du wirst mich nie finden", zirpte die Haselmaus. „Ich verstecke mich da, wo du gar nicht hinkommst."

„Warte bloß, bis mein Bein wieder heil ist. Dann wirst du nicht mehr so vorlaut sein!"

„Au ja, ich bleib' hier sitzen, bis es soweit ist, ja?" sagte die Haselmaus keck.

Der Kühne sah finster drein. „Dich schnappe ich mir zuerst, wenn ich wieder auf dem Damm bin, das verspreche ich dir", knurrte er. Er ärgerte sich furchtbar, daß er gegen dieses winzige Wesen nichts ausrichten konnte.

Aber die Haselmaus glotzte ihn weiter so an, als ob er nur ein abgestorbenes Stück Holz wäre. Der Kühne wandte sich ab. Während er sich davonmachte, hätte er sein Hinken am liebsten verflucht: Es war einfach zu demütigend! Er ließ sich wieder zu seiner kärglichen Brombeermahlzeit nieder – damit mußte er sich eben zufriedengeben.

Am frühen Morgen trieb ein Regenschauer Würmer und Schnecken aus dem Boden heraus, und der Kühne war sehr froh darüber, daß er einige von ihnen verschlingen konnte. Die kühle Feuchtigkeit des neuen Tages machte ihn munter und schien auch den bohrenden Schmerz in seinem Bein zu lindern. Aber als es dann heller Tag war, kroch er doch wieder zurück zu seiner Lagerstatt inmitten der Dornen, um seine Wunden, sein Elend und auch seinen Stolz zu pflegen.

6

Freund oder Feind?

Für gut eine Woche hielt sich der Kühne nur im selben kleinen Gebiet des Waldes auf. Seine Tätigkeiten beschränkten sich auf schlafen und ein paar Meter weit hinken, um sich ein paar Insekten oder Schnecken zu schnappen. Beim geringsten Laut von menschlichen Stimmen oder Hunden zog er sich in sein Versteck zurück. Schnell wurde es immer kühler, und nachts senkte sich schon beißend kalter Frost auf das Land. Sein Bein schmerzte den Kühnen nicht mehr so stark, aber er wußte jetzt, daß der Muskel auf jeden Fall einen dauerhaften Schaden erlitten hatte. Nie wieder würde er sein Bein so wie früher strecken oder beugen können. Beim Gehen versuchte er es so wenig wie möglich zu belasten, und deshalb konnte er sich nur recht torkelnd fortbewegen.

Der junge Fuchs begann sich sehr zu bemitleiden.

Das schlimmste für ihn aber war das Verhalten der anderen Waldbewohner. Der Kühne war zwar das größte Tier von allen, aber die kleineren hatten sehr bald bemerkt, daß er keine Gefahr für sie darstellte. So war er der völligen Geringschätzung sogar der schwächsten unter ihnen preisgegeben – sie hüpften und trippelten einfach vor seinen Füßen herum. Sie stibitzten sogar direkt vor seiner Nase die paar Insekten, die er sich zusammengesucht hatte.

Die Temperaturen sanken immer weiter, und bald waren selbst Insekten und Schnecken kaum mehr zu finden. Der Kühne fraß gierig alle Beeren, Knollen und Nüsse, die er auftreiben konnte, aber für ein so großes Tier war dies einfach keine ausreichende Kost. Ab und zu entdeckte er ein Stück Aas. Aber das kam nur selten vor, und er konnte sich nicht darauf verlassen. Er wußte, daß er den Wald schließlich würde verlassen müssen, um sich woanders sein Fressen zu besorgen.

Der Herbst war mit einer Reihe bitterkalter Nächte ins Land gezogen, und der junge Fuchs war jetzt gezwungen, etwas zu unternehmen. Mittlerweile war ihm der taumelnde Gang schon zur Gewohnheit geworden, und er hatte ihn zu einer recht brauchbaren Fortbewegungsart entwikkelt, in die er wie von selbst verfiel, wenn er umherstreifen wollte. Er versuchte nicht daran zu denken, aber diese Gangart bot wirklich ein jämmerliches Bild im Vergleich zu seinem früheren kraftvollen, geschmeidigen und ausdauernden Traben. Mit keinem Gedanken dachte er mehr daran, lebendige Beute zu machen, und die Vorstellung, je wieder ein Stück Wild kosten zu dürfen, war ihm ganz fremd geworden. Sein Streben ging nur noch dahin, genügend Kleinstlebewesen und pflanzliche Kost aufzutreiben, um sich am Leben zu erhalten; jedes Stück Aas stellte für ihn ein Festmahl dar. So lebte er jetzt – der starke, selbstbewußte junge Fuchs, der in der „wirklichen

Welt" hatte leben wollen. Und es blieb ihm auch gar nichts anderes übrig.

Aber trotz alledem dachte der Kühne nicht ein einziges Mal daran, in die Sicherheit des Reservats und die Obhut seiner alten Freunde zurückzukehren. Er hatte sich entschieden und den Park verlassen. Jetzt gab es kein Zurück mehr. Mitte November verließ er den Wald. Von nun an machte er es sich zur Gewohnheit, sich tagsüber zu verstecken und nachts nach irgend etwas Freßbarem zu suchen. Manchmal, wenn er gar nichts fand, schlang er ein bißchen Gras hinunter, worauf er sich meistens erbrechen mußte.

Der Mangel an etwas Nahrhaftem schwächte seinen ohnehin schon schwachen Körper noch mehr. Es fiel ihm ja schon schwer genug, sich herumzuschleppen, und da es wenig Hoffnung gab, daß sich seine Lage je verbessern würde, begann sich der Kühne zu fragen, ob sich die ganze Mühe überhaupt noch lohnte. Nie mehr konnte er sich auf den Geschmack von Fleisch oder auf einen spannenden Jagdausflug in der frischen, nächtlichen Luft freuen. Wenn er sich aufmachte, um ein paar Brocken zu fressen zu finden, die ihm bis zum nächsten Abend reichen sollten, mußte er immer sein unbrauchbares Bein hinter sich herziehen; diese Anstrengung kam ihm immer sinnloser vor. Eines Abends blieb er also in dem Graben, der ihm als Versteck diente, liegen und rührte sich überhaupt nicht. Zwei Tage und zwei Nächte verbrachte er auf diese Weise. Bewegungslos und gleichgültig lag er da und achtete nicht einmal mehr auf die Geräusche um sich herum. Er wartete ganz einfach auf sein Ende.

Am dritten Tag belebte ein warmer, sonniger Herbstmorgen seine nachlassenden Sinne aufs neue, und er erhob sich schwankend. Mit einemmal dachte er an die Dächsin, die er im Unterschlupf gerettet hatte und die versprochen hatte, ihm seine gute Tat zu vergelten. Vielleicht könnte sie ihm helfen, wenn er es schaffte, zu ihr zu gelangen? Er versuchte, sich aus dem Graben herauszuziehen, aber er war jetzt schon so schwach, daß er gleich vor Erschöpfung zusammenbrach. Er verwünschte sich dafür, daß er nicht schon früher versucht hatte, ihren Bau zu erreichen, als er vielleicht noch genügend Kraft gehabt hatte. Keuchend lag er auf der Erde, bis er sich ein wenig erholt hatte. Dann versuchte er es noch einmal. Er taumelte ein paar Meter vorwärts und brach erneut zusammen. Sein Atem ging schwer, und sein ausgemergelter, kraftloser Körper zitterte nach dieser großen Anstrengung. Er wußte, daß er es niemals schaffen würde.

Ein schwarzer Vogel kreiste über dem Kühnen und beobachtete dessen vergebliche Bemühungen. Er flog hin und her und wartete geduldig, daß der junge Fuchs seinen letzten Atemzug tun würde. Endlich schien der Fuchs regungslos dazuliegen. Der Vogel segelte herbei und landete nicht weit von ihm. Langsam kam er näher.

Der Kühne sah ihn mit seinem unverletzten Auge herankommen und begriff, was er vorhatte. „Du wirst ... noch eine Weile ... warten müssen", stieß er mühsam hervor.

Der Vogel war jetzt ganz nahe an den Kühnen herangekommen und beäugte ihn genau. Dann stieß er ein grelles, überraschtes „Krah" aus. „Das wird doch nicht der kühne junge Fuchs sein, der da im Staub liegt!" krähte er.

Der Kühne öffnete auch sein verletztes Auge und versuchte blinzelnd, klar zu sehen. „Du bist es also", murmelte er. „Die Aaskrähe vom Weißdornbaum."

„Genau dieselbe. Und was ist mit dir passiert?"

„Ich hab' ein verletztes ... Bein. Kann nicht laufen."

„Dann bist du also am Verhungern?"

„Ich werde bestimmt ... sterben, wenn ... keine Hilfe kommt."

„Hilfe? Für einen Fuchs? Wer sollte dir helfen?" fragte die Krähe verächtlich.

„Jemand, dem *ich* geholfen habe... vor nicht langer Zeit."

„*Du* hast jemandem geholfen? Wem hast *du* denn geholfen?"

„Einer Dächsin... War in einer Falle gefangen."

Die Krähe flatterte mit ihren kohlschwarzen Flügeln. „Tja, sie scheint es nicht besonders eilig zu haben, sich daran zu erinnern", bemerkte sie spöttisch.

„Sie weiß nicht, daß ich sie brauche", wimmerte der Kühne kläglich. „Wenn ich sie... doch nur... erreichen könnte."

„Dafür ist's zu spät", sagte die Krähe. „Sie wird nicht mal von deinem Tod erfahren."

Der Kühne versuchte sich aufzurichten, sank aber gleich wieder hilflos in sich zusammen. Ein Gedanke kam ihm in den Sinn. „Ich brauche... einen Boten", keuchte er.

Die Krähe starrte ihn entgeistert an. „Wie hirnverbrannt!" rief sie aus. „Du wirst doch nicht die Frechheit haben zu denken, daß ich..."

„Genau *das* hab' ich gedacht", gab der Kühne zu.

„Also wirklich, du hast vielleicht Ideen! Ausgerechnet für einen Fuchs als Bote unterwegs sein! Du mußt wirklich aus einer merkwürdigen Gegend stammen, wenn du solche Vorstellungen hast. So was hab' ich noch nie gehört. Und ausgerechnet von dir – der damit geprahlt hat, daß er allein auf sich aufpassen kann!"

„Das habe ich auch... Bis man auf mich geschossen hat."

„Aha!" frohlockte die Krähe. „Also sind dir die Menschen doch in die Quere gekommen? Ich habe dich vor ihnen gewarnt, aber du hast nicht auf mich hören wollen. Du hast es ja besser gewußt!"

„Ich habe Pech gehabt und einen Fehler gemacht", seufzte der junge Fuchs.

„Tja, man darf sich denen gegenüber eben keine Fehler erlauben“, antwortete der Vogel. „Wie du herumstolziert bist, aufgeplustert vor lauter Selbstgefälligkeit. Ich wundere mich sowieso, daß du nicht schon viel früher dafür hast bezahlen müssen.“

„Ich brauche keine Belehrung“, maulte der Kühne. „Meine Lektion hab’ ich bekommen. Hilfst du mir jetzt oder nicht?“

„Warum um alles in der Welt sollte ich?“

„Du warst mir ... schon einmal dankbar. Erinnerst du dich an die Lercheneier?“

„Du dummes Tier! Du hast sie ja überhaupt nicht gesehen ...“

„Ich habe keine Zeit mehr, lange darüber zu streiten“, sagte der Kühne. „Wenn du mir nicht hilfst ... werde ich sterben. Das ist alles. *Du* kannst *fliegen* – wie lange würdest du denn brauchen?“

Die Krähe trat von einem Bein aufs andere. „Wo treibt sich dieser Dachs herum?“ fragte sie abweisend.

„Nicht weit ... im Fasanenwald ... im Unterholz.“

„Was! Da soll ich hinein, einem Wildhüter direkt vor die Nase? Oh, ja, und dann soll ich mich ihm vermutlich für seine Schlächtersammlung anbieten? Das alles soll ich für *dich* wagen? Du bist verrückt, mein junger Freund. Das habe ich schon die ganze Zeit gewußt.“

„Dann wirst du es also nicht machen?“

„Niemals! Was bedeutest du mir denn?“

„Nichts, das stimmt. Aber ... meinen Tod ... wirst du auf dem Gewissen haben.“

„Ich werde kein Gewissen haben!“ schrie der Vogel ärgerlich. „Dein Hochmut hat dich soweit gebracht, nichts anderes. *Ich* finde, du hast es verdient.“

„Also gut“, sagte der Kühne. „Dann wird der Sohn vom Fuchs aus dem Farthing-Wald sterben, weil er keinen ... Freund hat.“ Er hatte zu seinem letzten Mittel gegriffen.

Der Name und die Abenteuer seines Vaters waren Legende unter den Tieren in weitem Umkreis.

Die Krähe musterte ihn genau. „*Du* sein Nachkomme? Aber ja doch – das paßt zusammen. Deine Ideale ... die Brüderlichkeit der Tiere vom Farthing-Wald ... natürlich! Du kommst aus dem Naturschutzgebiet, dem Hirschpark. Und du hast gedacht, du wärst schlauer als dein Vater!"

„Ja, ich habe ... unrecht gehabt", sagte der Kühne. „Also, wirst du mir helfen?"

„Ich muß es versuchen", sprach die Krähe nun in einem anderen Ton. „Wenn es herauskäme, daß ich irgendwie für deinen Tod verantwortlich sein könnte und du mit dem verwandt bist, der den Schwur begründet hat, das ... das ... wäre gar nicht auszudenken!"

„Gott sei Dank", sagte der Kühne. „Dann los – *bitte* – beeil dich!" Als der Vogel sich erhob und hoch hinauf in die Lüfte aufstieg, murmelte der Kühne vor sich hin: „So, Vater, sogar hier hast du anscheinend noch Macht über mich."

Die Sonne stand schon hoch am Himmel, und der Fuchs wußte, daß die Dächsin oder ein Mitglied ihrer Familie nicht vor Einbruch der Dunkelheit eintreffen konnte. Er beschloß, noch mal einen Versuch zu machen, aufzustehen und zurück in den Schutz des Grabens zu gelangen. Jeden Moment konnte ihm in seiner schutzlosen Lage neue Gefahr drohen. Die Gewißheit, daß Hilfe greifbar nahe war, machte ihm Mut, und irgendwie schaffte er es, mühsam auf die Beine zu kommen. So stand er eine Weile schwankend da, sein verletztes Bein hing schlaff auf den Boden. Ein paar taumelnde Schritte hin zum Graben, und schon rutschte er kopfüber hinein – er war vollkommen erschöpft.

Das plötzliche Auftauchen der Aaskrähe ließ ihn aufschrecken.

„Es hat keinen Sinn, tagsüber nach Dachsen zu suchen«,

erklärte ihm der Vogel. „Die kommen erst heraus, wenn die Sonne untergegangen ist."

„Aber bis dahin sind es ja noch Stunden", jammerte der Kühne. „So lange halte ich es wohl nicht aus."

„Keine Angst", sagte die Krähe. „Es gibt eine Lösung. *Ich* werde dich füttern. Ich habe da etwas wirklich Schmackhaftes entdeckt, und das können wir uns teilen."

„Was ist es denn?" fragte der Kühne abwartend – er war sich, was den Geschmack des Vogels betraf, nicht so sicher.

„Ein Kaninchenkadaver."

„Kannst du den denn tragen?"

„Nein, aber ich kann Stücke abreißen und die dann herbringen."

Die Krähe war jetzt sehr umgänglich, und der Kühne war ihr dankbar. „Du bist sehr freundlich", sagte er zu ihr.

„Ich werde erst selbst etwas fressen, und dann bringe ich dir was, einverstanden?" schlug der Vogel vor.

Der Kühne stimmte zu. Er hatte ja auch keine Wahl. Die Krähe flog wieder davon und blieb lange Zeit fort. Der Kühne glaubte schon fast, daß sie ihn im Stich gelassen hätte, als die Krähe endlich wieder am Grabenrand landete – in ihrem Schnabel hielt sie ein großes Stück dunkles Fleisch. Sie warf es ihm zu, und augenblicklich machte sie sich wieder auf.

Das Fleisch stank schon ziemlich, aber in seiner Verzweiflung fraß es der Kühne mit großer Lust. Bald fiel ein zweites Stück zu ihm in den Graben herunter, und noch weitere vier Male kehrte die Krähe zurück. Zuletzt brachte sie ein besonders großes Stück und blieb dann bei ihm, um ihm beim Fressen zuzuschauen.

„Das war das letzte", teilte sie ihm dann mit.

„Ich bin dir sehr zu Dank verpflichtet", sagte der Kühne.

Schließlich versank die Sonne am Horizont. Es war Zeit für die Krähe, ihre Suche wieder aufzunehmen. Der Kühne beschrieb ihr, in welchem Teil des Fasanenwaldes sie den Bau der Dächsin finden würde, und dann verschwand der Vogel.

Das Fressen hatte dem jungen Fuchs natürlich neue Kräfte verliehen. Er lag da und sah zu, wie die Dunkelheit hereinbrach. Er blickte seinem Schicksal mit neuer Zuversicht entgegen und hoffte nur, daß die Dächsin heute schon früh unterwegs war. Die Krähe würde sie sonst nicht finden können, da sie bei Dunkelheit nicht gut genug sehen konnte.

Die Nacht hatte sich schon fast völlig auf das Land gesenkt, als der Bote des Kühnen wieder zurückkam. „Ich habe deine vierbeinigen Freunde gefunden", berichtete er dem Fuchs. „Sie haben sofort damit begonnen, alles mögliche für dich zusammenzutragen. Ich fürchte aber, daß ich dir jetzt keine Hilfe mehr sein kann. Ich bin nämlich nur tagsüber unterwegs."

„Natürlich, das verstehe ich", sagte der Kühne. „Ich fühle mich schon ein bißchen kräftiger, und das verdanke ich dir. Aber wie werden die Dachse mich finden?"

„Das weiß ich wirklich nicht. Mit ihrem Geruchssinn wahrscheinlich. Aber das ist deren Problem – und auch deines."

„Hast du ihnen gesagt, wo *ungefähr* sie mich finden können?" fragte der Kühne.

„Ja, so ungefähr." Die Krähe zögerte, sie begriff, was der Fuchs befürchtete. „Eine Sache kann ich noch für dich tun", sagte sie. „Ich komme noch einmal vorbei und sehe nach dir, wenn es hell wird. Und wenn sie dann noch nicht aufgetaucht sind, führe ich sie zu dir hin. Mehr kann ich nicht tun."

„Das erwarte ich auch nicht“, antwortete der Kühne. „Und ich werde dir das nicht vergessen.“

„Also gut, bis morgen früh dann“, sagte der Vogel. Dann brach er auf, und wie ein schwarzer Schatten verschwand er am nächtlichen Himmel.

7

Ein Schatten seiner selbst

Die Dachse hatten einen weiten Weg durch offenes Land zurückzulegen, und die ganze Zeit über trugen sie ihre zusammengesuchten Mitbringsel im Maul. Sie waren zu viert – die Dächsin und drei ihrer ausgewachsenen Kinder. Obwohl sie die richtige Richtung eingeschlagen hatten, waren sie bei Tagesanbruch noch ein gutes Stück von ihrem Ziel entfernt. Die Aaskrähe entdeckte sie schnell und führte sie zum Kühnen.

Der Fuchs war fast die ganze Nacht wachgelegen und hatte immer wieder leise gebellt, damit sie ihn leichter finden konnten. Um sich ein wenig zu erfrischen, hatte er den kühlen Tau von den Grasbüchseln am Grabenrand geleckt und döste jetzt vor sich hin.

Die Krähe krächzte laut, um ihn aufzuwecken. Und nachdem sie so ihre Aufgabe erledigt hatte, flog sie davon, um sich ihr Frühstück zu suchen. Gleich darauf kletterten die Dachse mit ihrer Futterlast in den Graben hinunter. Einer von ihnen hatte ein paar Knollen ausgegraben, zwei brachten Mäuse mit, und die Dächsin hatte eine fette Ratte gefangen, die auf dem Richtplatz herumgestöbert hatte. Alle Gaben waren dem Fuchs hochwillkommen, und keines der Tiere gab auch nur einen Laut von sich, als er sein Fressen Stück für Stück verschlang.

Dann begann die Dächsin zu sprechen. „Ich erkenne dich kaum wieder“, sagte sie.

Der Kühne leckte sich das Maul und sah sie an. „Ich hab' ziemlich viel Pech gehabt, seit wir uns das letztemal gesehen haben“, antwortete er.

„Vielleicht hättest du doch in unserem Wald bleiben sollen“, sagte sie.

„Mit einem feindlichen Menschen wäre ich so oder so zusammengeraten“, gab der Kühne zurück. „Dieser Wildhüter war doch hinter mir her, und dem wäre bestimmt noch was eingefallen.“

„Also, seit du weg bist, habe ich keine Fallen mehr gesehen“, sagte die Dächsin. „Und ich habe genau achtgegeben. Also ist er wohl zufrieden, daß du verschwunden bist.“

„Darum glauben wir auch, daß es *jetzt* am sichersten ist, mit uns zurückzukommen“, sagte dann eines ihrer Kinder und fügte hinzu: „Der Mensch wird nämlich nicht damit rechnen, daß du noch mal zurückkehrst.“

„Eine gute Überlegung“, stimmte der Kühne zu. „Es gibt da aber ein großes Problem – ich kann nicht gehen.“

„Kannst du dich überhaupt nicht bewegen?“ fragte die Dächsin.

„Nur ein bißchen. Und bis gestern hab' ich auch

tagelang nichts gefressen. Vielleicht geht es jetzt aber besser – auf jeden Fall kann ich es ja mal versuchen."

„Du mußt es ja nicht in einem Stück schaffen. Wir werden dir noch mehr zu fressen bringen", versprach sie. „Und dann kannst du in meinem Bau unterkriechen, bis du wieder bei Kräften bist."

„Ich befürchte, ihr seid jetzt auch in einer dummen Lage", sagte der Kühne verlegen. „ Ihr könnt den weiten Weg zurück doch nicht am hellichten Tage gehen."

„Wir werden schon ein Plätzchen finden, wo wir uns verstecken können, bis es dunkel wird", beruhigte sie ihn. „Und dann machen wir uns alle zusammen auf den Weg."

Der Kühne erzählte ihnen von dem nahegelegenen Wald, in dem er sich bis vor kurzem versteckt hatte. „Ich werde hierbleiben", sagte er dann. „Hier bin ich ziemlich sicher – ich habe tagelang hier gelegen, ohne daß etwas Beunruhigendes passiert wäre."

Die Dachse verzogen sich, und der Kühne döste mit einem neuen Gefühl von Hoffnung in seinem Herzen vor sich hin. Seine Zuversicht war aber ganz unbegründet. Denn sein Schlummer wurde jäh beendet durch das Auftauchen eines riesengroßen Hundes – eines Labradors, der im Wald ausgeführt wurde. Der witterte den strengen Fuchsgeruch und schlug aufgeregt an. In kürzester Zeit stürmte er herbei und stöberte den unglücklichen Kühnen in seinem ungeschützten Lager auf. Er bellte wie wild, und das ließ seinen Besitzer herbeieilen. Es gab keinen Ausweg mehr für den Kühnen – er war völlig hilflos. Natürlich konnte er den Hund nicht täuschen, indem er sich totstellte, aber er hoffte, so den Mann überlisten zu können. Also legte er sich ganz steif auf eine Seite und ließ seine Zunge aus dem offenen Maul hängen, es sollte so aussehen, als ob er verhungert oder erfroren wäre. Der Mann war inzwischen herangekommen und beruhigte erst seinen Hund, bevor er das im Graben liegende Tier betrachtete. Das

Herz des Kühnen schlug wie wild. Der Mann stieß den Fuchs ein paarmal mit einem Stock an, aber der rollte sich jedesmal schlau wieder in seine ursprüngliche Stellung und blieb ganz unbeweglich. Dann murmelte der Mann etwas vor sich hin, befahl den Hund zu sich und ging davon.

Der Kühne wagte nicht, auch nur einen Muskel zu bewegen, bis er sicher war, daß die beiden weit genug entfernt waren. Jetzt war es unbedingt notwendig, einen sichereren Unterschlupf zu suchen. Er erhob sich und spähte vorsichtig über den Grabenrand. Die Luft war rein, also kletterte er heraus. Vorsichtig ging er ein paar Schritte. Das Fressen hatte ihm gutgetan, denn er fühlte sich längst nicht mehr so wacklig auf den Beinen. Er sah sich nach einem Plätzchen um, wo er sich verstecken könnte, konnte aber in der Nähe keines entdecken. Dann erinnerte er sich daran, daß der Graben direkt in den Wald führte, in den sich die Dachse zurückgezogen hatten. Er überlegte, ob er es so weit schaffen würde. Wenigstens wäre er auf diese Weise nicht zu sehen, und eigentlich hatte er keine andere Möglichkeit.

Der Nachmittag schien endlos zu sein, als der Kühne durch den laubbedeckten Morast des Grabens humpelte. Natürlich entfernte er sich so noch weiter von seinem eigentlichen Ziel, aber das war im Augenblick eben nicht zu ändern. Kaum hatte er die ersten Bäume des Waldes erreicht, da spürte er, daß er nicht mehr weiterkonnte, und sank einfach zu Boden. In ein oder zwei Stunden würden die Dachse wach sein und von ihm erwarten, daß sie sich dann auf ihren weiten Weg machen würden. Aber daran war vorerst gar nicht zu denken. Er mußte versuchen wach zu bleiben, sonst würden sie sich vielleicht verfehlen.

Endlich nahmen seine übermüdeten Augen verschwommen vier geisterhaft graue Schatten zwischen den Bäumen wahr. Sie hatten den ungelenk wirkenden Gang der Dachse an sich. Er kläffte, um sie auf sich aufmerksam zu machen.

„Was denn, du bist ja in die ganz falsche Richtung gegangen!" rief die Dächsin. „Jetzt hast du einen noch weiteren Weg vor dir."

„Mußte weg – ein Hund", stieß der Kühne hervor. „Fürchte, ich kann heute... nicht mehr weiter."

„Er ist erschöpft", sagte einer der Dachse unnötigerweise.

„Was machen wir denn *jetzt*?" wollte ein anderer von seiner Mutter wissen.

„Ich weiß es nicht", antwortete sie. „Das sieht gar nicht gut aus."

„Es tut mir leid", seufzte der Kühne. „Aber ich habe noch Glück gehabt, daß ich davongekommen bin."

„Ja, ja", sagte sie. „Ich verstehe schon." Sie dachte einen Moment nach. „Also, wenn du nicht weiterkannst, dann kannst du eben nicht weiter", bestimmte sie. „Darum werde ich hier bei dir bleiben. Es gibt aber keinen Grund, warum wir alle dableiben sollten. Ihr drei werdet zurückgehen, und zwar gleich. Vier Dachse in einem Wald ohne einen Bau kann man zu leicht entdecken. Also fort mit euch – und macht ja keine Rast, bevor ihr zu Hause seid."

„Ich könnte es morgen noch einmal versuchen", schlug der Kühne vorsichtig vor.

„Ja, natürlich, wir müssen es versuchen", sagte die Dächsin. „Aber jetzt muß ich erst mal auf Futtersuche gehen."

In der fremden Umgebung konnte sie nicht so leicht wie in ihrem heimischen Wald an etwas Gutes zu fressen herankommen. Sie brachte ihm eine Spitzmaus, einige bitter schmeckende Knollen und eine tote Kröte, die sich nicht mehr rechtzeitig vor dem ersten Frost in Sicherheit gebracht hatte.

„Du mußt auch etwas fressen", ermahnte sie der Kühne, als sie bei ihm Wache hielt.

„Ich habe mir schon ein paar Wurzeln ausgegraben", sagte sie und sah ihm weiter beim Fressen zu. „Die Krähe hat mir deine Geschichte erzählt", teilte sie ihm dann mit.

„Meine Geschichte?" fragte der Kühne. „Bäh, diese Kröte schmeckt furchtbar."

„Wo du herkommst."

„Oh – das Reservat."

„Ich hatte bis dahin noch nie etwas vom Hirschpark gehört. Vögel kennen natürlich ein viel größeres Gebiet. Aber dein Vater..."

„Ja", seufzte der junge Fuchs. „Er scheint wirklich sehr bekannt zu sein..."

„Bist du vielleicht *davor* davongelaufen?" fragte die Dächsin verständnisvoll.

„Ja, irgendwie schon. Aber vor allem wollte ich außerhalb des Parks leben. Ich hab' geglaubt, daß das viel spannender wäre."

„Jetzt hast du ja genügend Ausgleich dafür bekommen, daß es dir früher nicht spannend genug war", bemerkte sie. „Aber um welchen Preis!"

„So oder so, ich lebe jetzt jedenfalls mein eigenes Leben", gab der Kühne zurück.

Am nächsten Abend trafen die beiden Tiere ihre Vorbereitungen für den Weg zurück in den Fasanenwald. In freundschaftlichem Schweigen hatten sie noch gemeinsam ein Mahl verzehrt. Der Kühne hatte sich einen Namen für die Dächsin ausgedacht. Er nannte sie „Schatten", weil sie so unermüdlich auf ihn achtgab. Sie fand den Namen lustig und schien sich ziemlich darüber zu freuen. Und dann machten sie sich auf, den Graben entlang – diesmal in die entgegengesetzte Richtung.

Der Kühne konnte immer noch nicht weit gehen. Er

fühlte sich aber kräftig genug, um bis zu dem Ginstergebüsch zu kommen, in dem er gelegen hatte, als die Schießerei losgegangen war. Sie kamen nur schrecklich langsam voran.

„Ich bin froh, daß dein verletztes Auge wieder verheilt ist“, sagte Schatten, „diesen Schlag hattest du ja mir zu verdanken.“ Der Kühne hatte aber inzwischen bemerkt, daß seine Sehkraft wohl für immer geschwächt sein würde. Das sagte er aber nicht.

Sie verließen den Graben und gingen nun querfeldein. Der Kühne humpelte schwerfällig, strengte sich dabei aber sehr an. Er war sich darüber im klaren, daß seine Langsamkeit auch seine Begleiterin gefährdete. Bis zu dem Ginstergebüsch gab es kaum eine Möglichkeit, sich zu verstecken. Wenn es Tag würde, bevor sie dort angekommen wären, dann müßte er sie überreden, schon vorauszulaufen, überlegte er sich.

Sie erreichten ihren Unterschlupf jedoch ohne Zwischenfälle noch während der Dunkelheit. Das letzte Stück war der Kühne nur mehr wie blind vorwärtsgestrauchelt und hatte in völliger Erschöpfung seinen sich sträubenden Körper vorangetrieben. Als sie im Ginstergebüsch ankamen, ließ er sich wie ein Stein zu Boden fallen. Er war sich sicher, daß er nie mehr würde aufstehen können.

„Kühner Fuchs, tapferer Fuchs“, flüsterte ihm Schatten mitleidvoll zu. Aber er hörte sie nicht.

Beide schliefen den ganzen Tag, bis die Dämmerung langsam wieder den Schleier der Verborgenheit über sie legte. Schatten machte sich wie gewohnt auf, um etwas zu fressen zu suchen. Sie war noch nicht lange unterwegs, als sie zu ihrer Überraschung in der Entfernung ihre drei Sprößlinge entdeckte, die anscheinend nach etwas suchten. Sie begrüßten sie voller Freude und wollten gleich ganz genau wissen, wie es dem Kühnen ging.

„Es wird wohl länger dauern, als ich gehofft hatte", erzählte sie ihnen.

„Wir haben für euch ganz in der Nähe etwas zu fressen versteckt", sagte einer der jungen Dachse. „Wohin sollen wir es bringen?"

Schatten beschrieb es ihnen, und gleich machten sie sich auf, ihren Vorrat zu holen. Auf ihrem Rückweg kam ihnen ihre Mutter ganz fassungslos entgegengelaufen. „Er ist weg!" schrie sie. „Der Kühne ist verschwunden!"

8

Wieder allein

Der Kühne hatte Schatten mit einem unguten Gefühl zugesehen, wie sie sich auf Futtersuche machte. Er haßte es, von jemandem abhängig zu sein. Ausgerechnet sein kostbarstes Gut – seine vollkommene Unabhängigkeit – hatte er verloren! Und jetzt brachte er durch seine Hilflosigkeit ein anderes Tier in Gefahr – er hatte wirklich kein Recht dazu. Die Dächsin – und die Krähe – hatten ihn vor dem Tod bewahrt. Die Schuld war beglichen. Also erhob er sich vorsichtig, kaum daß Schatten ihm den Rücken zugewandt hatte. Der lange Schlaf hatte ihn wieder ein bißchen gekräftigt, und so war er in der Lage, auf der anderen Seite des Gestrüpps davonzuhumpeln.

Der Kühne war sich nicht sicher, was er als nächstes tun sollte. Er wußte nur, daß er Schatten nicht weiter der

Gefahr aussetzen wollte, mit ihm zusammenzusein. Wenn es ging, würde er auch in seiner langsamen Gangart den Fasanenwald und damit den schützenden Dachsbau erreichen, und wenn nicht... dann konnte er es auch nicht ändern! Seine einzige Sorge war, daß sie nach ihm suchen könnte. Er hoffte aber, daß sie darauf bedacht sein würde, noch vor der drohenden Morgendämmerung ihr Zuhause zu erreichen. Als erstes nahm er sich nun vor, zum nächstgelegenen bewirschafteten Land zu gelangen. Dieses lag hinter einer Hecke, die das Ackerland vom offenen Gelände abtrennte. Er war davon überzeugt, daß Schatten niemals in so einem Gebiet nach ihm suchen würde.

Wie er so durch die Nach taumelte, half ihm die Dunkelheit, seine Absichten vor der Dächsin zu verbergen. Es war eine kalte, sternenklare Nacht, kein Luftzug regte sich. Bei jedem Schritt drang das leise Knirschen des eisigen Grases wie ein Flüstern an seine Ohren. Die gespenstisch anmutende Gestalt einer Schleiereule schwebte kaum hörbar über ihn hinweg. Er sah sie über die Hecke gleiten und sich dann auf die Erde stürzen. Und fast im selben Augenblick stieg sie wieder in die Höhe. Also gab es dort etwas zu fressen! Vielleicht würde er Glück haben und könnte sich zur Abwechslung einmal *selbst* etwas fangen, wenn er eine günstige Stelle fände.

Das verletzte Bein des Kühnen war durch die Anstrengungen der letzten Tage noch wackliger geworden, und deshalb war er überrascht und froh darüber, daß er es doch bewerkstelligen konnte zu gehen. Er war sicher, daß er in der letzten Nacht nur deshalb so erschöpft gewesen war, weil er aus dem Graben hatte klettern müssen. Jetzt begann er zu hoffen, daß er das Schlimmste hinter sich hatte.

Als der erste, kaum wahrnehmbare Lichtschein am Himmel das Ende der Nacht ankündigte, verkroch sich der Kühne in die Hecke. Sie bestand aus dicht verwachsenem Pflanzengewucher und war ein hervorragender Zufluchtsort. Und hier machte er auch zum erstenmal seit Tagen einen glücklichen Fund. Er entdeckte den verlassenen Bau eines anderen Fuchses, und darin befanden sich zahlreiche Überreste von Beutetieren. Sie waren zwar schon alt und stanken schon sehr, aber für den ausgehungerten Kühnen gaben sie ein herzhaftes Mahl ab. Er hatte sich schon so lange an schmale Kost gewöhnen müssen, daß dieser Fund seit dem letzten Fasan sein größtes Festessen war. Satt bis obenhin und sehr zufrieden, fiel er dann wohlig in einen dringend notwendigen Schlaf.

Am nächsten Tag erwachte er, bevor es dämmerte, und verputzte gleich die restlichen paar Happen. Er verließ den Bau und blickte auf ein Kohlrübenfeld. Die Rüben waren eine weitere Nahrungsquelle, derer er sich in der Not bedienen konnte, denn die jungen Gemüsepflanzen sprossen gerade aus der Erde. Die Stimmung des Kühnen steigerte sich beträchtlich. Er fühlte sich so stark und zuversichtlich wie schon lange nicht mehr. Wenn er sich jetzt noch beweisen könnte, daß er immer noch imstande war, ein Beutetier – wie klein es auch sein möge – zu erlegen, dann würde er nicht mehr daran zweifeln, daß er sich wirklich auf dem Wege der Besserung befand. Dann wäre er auch nicht mehr auf Schattens Bau oder auf ihre Unterstützung angewiesen.

Der Kühne machte sich auf, die Hecke samt ihren Bewohnern auszukundschaften. Singvögel kehrten zu ihren Schlafplätzen zurück und sangen und trillerten inmitten dem noch verbliebenen Novembergrün. Zwischen den Zweigen und dem Laub auf der Erde war einladendes Rascheln zu vernehmen. Ein Eichhörnchen flitzte wie ein pelzbewehrter Kobold im oberen Teil des Gesträuchs herum. Es war auf der Suche nach einem sicheren Plätzchen, an dem es eine Haselnuß verspeisen konnte. Mit gespitzten Ohren und sehr sorgfältig schnuppernd, um jeden neuen Geruch aufzunehmen, schlich der Kühne in seinem wackligen Gang umher. Er blieb schlagartig stehen, als er auf einem der unteren Äste eine Feldmaus erspähte. Sie stand balancierend auf ihren Hinterbeinen und untersuchte gerade ein paar Sauerdornbeeren. Sie befand sich ungefähr in Augenhöhe und war daher gerade in Reichweite. Der Fuchs kroch ein paar Zentimeter vorwärts und schob sein verletztes Bein so beiseite, daß es ihm nicht im Weg sein konnte. Die Feldmaus hatte ihn immer noch nicht bemerkt. Noch einen Zentimeter vor. Und noch einen. Schnapp! Der Kühne erwischte mit seinem Maul den Schwanz des kleinen Tieres, als es sich gerade aus dem Staub machen wollte. Er hatte aber nicht fest genug zugepackt, und außerdem brachte ihn sein Satz nach vorne auf drei Beinen auch noch aus dem Gleichgewicht. So fand er sich unter der Hecke auf der Erde wieder, während die verschreckte Maus entfliehen konnte – sie hatte nur einen schmerzhaften Biß abbekommen. Der Kühne stand auf und schüttelte sich, er schämte sich wegen seines Versagens. Wieder einmal – wie schon bei dem Zwischenfall mit der Haselmaus – hatte er es nicht geschafft, wenigstens ein kleines Beutetier zu erlegen. Sein Selbstvertrauen verließ ihn, und er nahm sich vor, so was nicht noch einmal zu versuchen. Von so einem winzigen Tierchen hereingelegt zu werden! Er fühlte sich schrecklich gedemütigt. So stand er da und starrte hinüber auf das Feld mit den jungen Rübenpflanzen. Mit derlei Nahrung würde er sich also in Zukunft begnügen müssen. Denn verbittert wegen seiner Unfähigkeit, war der Kühne mittlerweile fest davon überzeugt, daß er niemals mehr würde ein lebendes Beutetier erlegen können.

Er hinkte aus der Hecke heraus und hinüber zu den von Menschen angepflanzten Feldfrüchten. Es war einfach, die Rüben herauszureißen und sich dann den Bauch mit den süßesten von ihnen vollzuschlagen. Und daß er gerade den

Menschen etwas von ihrer Nahrung wegnahm, erfüllte ihn mit besonderer Genugtuung und ließ die Rüben noch um so süßer schmecken. Schließlich hatten die Menschen ihn soweit gebracht; ihnen würde er es heimzahlen, wo immer er konnte. Schlagartig hörte der Kühne auf zu kauen und stand bewegungslos da. Natürlich! Das war jetzt seine Zukunft! Die Menschen würden für seine Verletzung bezahlen müssen. Wo auch immer sie etwas Eßbares aufbewahrten oder herumliegen ließen, würde er, der Kühne, sich dessen bemächtigen. Jetzt war es an den Menschen, ihn mit Nahrung zu versorgen. Schließlich war es ihre Schuld, daß er nicht mehr selbst jagen konnte.

Dieses vielversprechende und wagemutige Vorhaben bewirkte, daß er sich gleich besser fühlte. Er beendete sein Nachtmahl und kehrte in die Erdhöhle zurück, um darüber nachzusinnen. Er kam zu dem Schluß, daß dies ein ausgezeichneter Plan war, der Mut und Umsicht verlangte. Er war nicht mehr in der Lage, sich bei hellichtem Tage auf die Menschen einzulassen, denn er war nicht mehr schnell genug. Deshalb mußte er sich bei seinen Streifzügen unbedingt auf die Nachtstunden beschränken. Während er so überlegte, wurde es dunkel, und also machte er sich sogleich daran, das Gemüsefeld ein zweites Mal zu plündern.

Er gefiel sich in seiner neuen, selbstgewählten Rolle. Während er noch auf dem Feld zugange war, nahm er eine schemenhafte Gestalt wahr, die sich auf der anderen Seite der Anpflanzung zu schaffen machte. Hoffnungsfroh humpelte er auf sie zu. Zu seiner Freude erkannte er Schatten, die Dächsin, die sich ebenfalls die leckeren Rüben schmecken ließ. Als er näherkam, sah sie erschrokken auf und wollte weglaufen.

„Warte doch!“ rief er ihr zu. „Ich bin es, der Kühne! Dein Freund!“

Schatten blieb stehen und wartete, bis der Fuchs herangekommen war. „Wir Dachse haben leider nicht so gute Augen wie ihr Füchse“, sagte sie erst entschuldigend. „Wie ich mich freue, dich zu treffen!“ fügte sie dann begeistert hinzu. „Wir hatten dich schon verloren gegeben.“

Der Kühne erklärte den Grund seines Verschwindens.

„Ich verstehe dich“, sagte sie ruhig. „Aber du bist einfach zu empfindlich. Wir wollten dir wirklich helfen.“

„Ich weiß“, antwortete der Kühne, „aber ich glaube, es ist besser so.“

„Dann kann ich dich also nicht überreden, doch noch mit zu meinem Bau zu kommen?“

„Nein. Aber hab vielen Dank. Ich habe etwas anderes vor.“

Schatten sah ihn neugierig an. „Sag mir doch, was“, drängte sie.

„Ich werde auf Kosten der Menschen leben“, antwortete der Kühne einfach.

Schatten saß mit offenem Maul da. „Du meinst...“

„Ich meine, wann immer und wo immer ich kann“, beendete er ihren Satz.

„Toll!“ Sie sah ihn bewundernd an. „Dann bist du noch immer entschlossen, deinem Namen gemäß zu leben?“

Der Kühne freute sich über diese Bemerkung.

„Das habe ich vor“, antwortete er, „aber ich werde mich nicht unnötig in Gefahr begeben.“

„Wird dich das nicht arg einschränken?“

„Natürlich wird es das“, sagte er. „Aber was macht das schon? Jemand in meinem Zustand kann sich höchstens auf kleine Wagnisse einlassen. Und von dem, was mir mein Vater über die Gewohnheiten der Menschen erzählt hat, weiß ich, daß man bei ihnen immer etwas zu fressen findet.“

„Aber das ist doch eine andere Art von Nahrung, als du sie gern hast“, gab Schatten zu bedenken.

„Daran gewöhne ich mich schon“, versicherte er ihr.

„Ich werde mich eben ein wenig mehr anpassen müssen..."

„Und wie steht es mit einem Bau?"

„Einen Schlupfwinkel hab' ich schon", sagte der Kühne und sah über seine Schulter. „Dort drüben, in der Hecke."

„Unterirdisch?"

„Genau. Ein wirklich guter Fund."

„Da bist du ja anscheinend schon sehr gut ausgerüstet", befand Schatten, „und wenn du dich auch noch an deine neue Kost gewöhnen kannst..."

„Wenn ich es muß, dann werde ich es auch", sagte der Kühne überzeugt.

„Ich glaube, das ist auch deine Bestimmung", sagte sie zu ihm.

Der Kühne freute sich über ihre Schmeichelei. So konnte er wieder glauben, daß sein Dasein noch einen Sinn hatte und daß er nicht bloß irgendwie dahinvegetierte. „Also", sagte er, „ich werde dich wohl ab und zu treffen, oder?"

„Sehr wahrscheinlich", sagte sie. „Oder jemanden aus meiner Familie."

„Bis dann, liebe Freundin", sagte der Kühne strahlend.

„Viel Glück", flüsterte sie noch, und dann trennten sie sich.

Sehr aufgekratzt humpelte der Kühne zu dem Erdloch zurück. Das Verlangen, sehr bald sein Vorhaben in die Tat umzusetzen, wurde übergroß.

9

Ein guter Fang

Der Kühne konnte lange nicht einschlafen. Er war ganz aufgeregt, da für ihn nun ein neues Leben beginnen würde – so empfand er es. Im Verlauf des Tages streifte immer wieder der unverwechselbare Klang menschlicher Stimmen sein Bewußtsein, als ob er ständig an seine selbstgewählte Aufgabe erinnert werden sollte.

Bei Einbruch der Dunkelheit erwachte er aus einem ziemlich unruhigen Schlaf. Er blieb noch eine Weile in seinem Bau liegen, denn er wollte seine Kräfte schonen, bis das ganze Gelände in völlige Dunkelheit getaucht war. Dann brach er auf, hinaus in eine regnerische Nacht. Die Hecke triefte vor Nässe, und die Luft war erfüllt von einer Art nebligem Dunst. Der Kühne war wie berauscht von den unzähligen Gerüchen, die ihm vom Laub und den

Pflanzen her zuwehten. Der Duft warmer, kleiner Körper lag in der Luft und wurde noch verfeinert durch den Geruch nach feuchtem Fell. Den Kühnen aber zog es woandershin.

Vorsichtig und ohne Eile durchquerte er das Gemüsefeld. Diesmal kümmerte er sich nicht im geringsten um das, was es hier zu fressen gab. Er war etwas anderem, Neuem auf der Spur. Er nahm den Geruch einer menschlichen Fährte auf und folgte ihr entlang eines ausgetretenen Pfades. Wie er erwartet hatte, führte der ihn direkt zu einer menschlichen Behausung. Tatsächlich handelte es sich um einen Bauernhof, der von ein paar Nebengebäuden umgeben war. In einer Ecke des Hofs roch es nach Hund, und von dort hielt sich der Kühne sorgsam fern. Er schlich an der Wand eines Verschlags entlang und schlürfte etwas Regenwasser aus einem kleinen Rinnsal auf, während er vorwärts kroch. Von der anderen Seite der Hütte her wehte ein scharfer Geruch in seine vor Begierde bebenden Nüstern. Und so ließ er sich einfach von seiner Nase führen, um herauszufinden, woher er kam. Durch ein Zaunloch gelangte er in einen Bereich, in dem verschiedene Pflanzen angebaut wurden. Der Kühne erkannte am Geruch, welche davon als Nahrung dienten. In einer Ecke befand sich eine Art kleiner Hügel, der aus allerlei Resten und Abfällen bestand, und von dort kamen auch die vielversprechendsten Gerüche. Unter all den Abfällen waren auch Gemüsereste und ein, zwei ziemlich abgenagte Knochen. Der Kühne leckte die Knochen vollends blank und verdrückte ein paar der besser riechenden Gemüseabfälle. Aber eigentlich gab es hier nicht allzuviel zu holen. Also schlich er weiter, an einer Wand entlang, denn unter einem Busch in der Nähe des Wohnhauses hatte er ein Rascheln gehört.

Dort hatte man ein Zwerghuhnpaar sich sein Nest einrichten lassen, und das hatte ängstliche Laute von sich gegeben, als der Kühne auf den Plan getreten war. Die beiden machten sich augenblicklich trippelnd aus dem Staub, als er näher kam, und der junge Fuchs sah ihnen nach, ohne sie zu verfolgen. Er wußte genau, daß sie die ganze Nacht von einer Ecke in die andere hätten rennen können, ohne daß er je eines von ihnen erwischt hätte. Aber was ihn jetzt interessierte, waren die drei Eier, die die Henne durch ihre Flucht seinem Blick preisgegeben hatte. Der Kühne erinnerte sich an die Aaskrähe. Jetzt war es an der Zeit, etwas auszuprobieren, was er vor kurzem noch verschmäht hatte. Erst einmal schnupperte er ganz vorsichtig an den merkwürdig aussehenden Dingern herum. Sie rochen recht einladend, denn der Geruch des Hennengefieders haftete noch an ihnen. Er nahm eines in sein Maul und biß hinein. Der Inhalt floß heraus und auf die Erde, während der Kühne gerade noch ein fades Stück Schale in seiner Schnauze hielt. Er leckte etwas von der Flüssigkeit auf, und sie schmeckte ihm ausgezeichnet. Also machte er sich gleich über die beiden anderen Eier her. Seine Erkundungen in dem kleinen Garten waren dann aber schneller zu Ende, als er es sich gewünscht hatte. Ein Lüftchen kam auf und trug seinen Geruch hinüber zum Hofhund. Sogleich ertönte ein rasendes Gebell, und der Kühne machte sich, so schnell er konnte, aus dem Staub, während die Zwerghühner voll Kummer zu ihrem geplünderten Nest zurückkehrten. Der Kühne glaubte nicht, daß er hier noch etwas Freßbares ergattern könnte, und humpelte deshalb zurück zum Rübenfeld. Sein Hunger war noch nicht so recht gestillt, aber das Gemüse hier reizte ihn eigentlich nicht so sehr. Schließlich lag er wieder geborgen in seinem sicheren Bau und war einigermaßen zufrieden mit seiner ersten Erkundungstour. Nur die beiden Zwerghühner gingen ihm nicht aus dem Sinn. Er wußte zwar, daß er nicht mehr flink genug war, um hinter ihnen herzujagen und sie auf diese Weise zu erwischen, aber warum eigentlich sollte ihm zu diesem Zweck nicht eine seiner angeborenen Fähigkeiten – die Kunst des Anschleichens – dienlich sein? Besonders, da er doch jetzt wußte, wo ihr Nest zu finden war. Je mehr er darüber nachdachte, desto mehr gefiel ihm seine Idee. Vor Vorfreude lief ihm schon das Wasser im Maul zusammen.

Der Kühne beschloß, dem Bauernhof einen weiteren Besuch abzustatten – aber nicht gleich am nächsten Abend. Er wollte, daß sich das kleine Paar Federvieh fälschlicherweise in Sicherheit wiegte. Deshalb humpelte er am nächsten Abend in eine andere Richtung los, um zu schauen, was er finden würde. Es war ein ziemliches Stück bis zur nächsten menschlichen Behausung, einem anderen Bauernhof. Als er aber dort ankam, war er schon zu erschöpft, um noch viel auszukundschaften. Er hatte Glück und fand wieder einen Komposthaufen, bei dem er sich mit etwas Freßbarem versorgen konnte. Dann aber wurde ihm bewußt, wie müde er war – zu müde, um zu seinem Bau zurückzulaufen. Und hier gab es keine Hecke und auch kein anderes Gebüsch. Nur ein paar vereinzelte große Bäume standen da, aber die konnten einem Fuchs nicht als Versteck dienen.

Was konnte er tun? Man durfte ihn nicht in der Nähe der Hofgebäude finden, wenn erst die Sonne aufgegangen war. Aber wer würde ihn schon *in* einem der Gebäude suchen oder überhaupt auf die Idee kommen, daß dort ein Fuchs sein könnte, überlegte er sich. Es gab da eine offene Scheune voller Heu, und das roch angenehm und warm und einladend. Da drinnen unter dem Heu würde er gut verborgen sein; am Abend würde er sich dann auf den Rückweg machen. Der Kühne war begeistert von seiner Dreistigkeit, und schon verschwand er in der dunklen Scheune, mitten hinein zwischen die Heuballen.

Den Tag über herrschte auf dem Hof emsige Geschäftigkeit. Kühe wurden gemolken, Tiere gefüttert, Männer gingen zur Arbeit und kehrten wieder zurück. Der Kühne aber schlief. Die Hofkatze stand am Eingangstor des Heuschobers und nahm ängstlich den fremdartigen Duft wahr, der dort in der Luft lag. Sie traute sich nicht, näher heranzukommen. Niemand störte den schlafenden Fuchs. Nur die Spatzen, die zwischen den Dachsparren hin und her flogen, wußten von seiner Anwesenheit. Und auch die verzogen sich, als der Abend hereinbrach.

Der Kühne erhob sich von seiner duftenden Liegestatt. Es war Zeit, sich auf den Weg zu machen. Zwei Mäuse, die die Katze getötet hatte, lagen noch in der Nähe der Scheune herum. Die gutgenährte Katze hatte zwar mit ihnen gespielt, sich aber nicht dazu herabgelassen, sie auch zu fressen. Der Kühne ließ sich dazu herab. Es war das erste frische Fleisch für ihn, seit er sich der Obhut von Schatten entzogen hatte. Dann schaute er noch einmal bei dem Komposthaufen vorbei und fand ein paar fette Würmer, die in dem vermodernden Abfall herumkrochen. Diese und ein weggeworfener Apfelrest ergaben für den Kühnen noch eine hastige Mahlzeit, bevor er sich auf den Heimweg machte.

Den ganzen Weg über dachte er nur an das, was er sich von der kommenden Nacht erhoffte. Das Wetter war mild und schwül – es war der letzte Anflug von Wärme, bevor sich der frostige Dezember breitmachen würde. Der Kühne kroch zufrieden in seinen Bau und bedeckte die Nase mit seinem Schwanz.

Vierundzwanzig Stunden später machte er sich auf. Er war ausgeruht und fühlte sich munter genug, um sein Unternehmen in Angriff zu nehmen. Bald erreichte er den nahe gelegenen Bauernhof und schlich leise zu dem Garten hin. Wegen seines schwankenden Ganges mußte er sich sehr abmühen, um ja kein Geräusch von sich zu geben. Die ganze Zeit gab er acht, ob von dem Wachhund etwas zu hören oder zu riechen war. Langsam, aber sicher schlich er vorwärts. Wie ein Schatten schlüpfte er in den Garten hinein und näherte sich behutsam seinem Ziel. Wegen der dichten Bewölkung war es noch ziemlich warm und – was ihm sehr gelegen kam – besonders dunkel.

Der Kühne stand schlagartig still, als er in dem Gebüsch ein leises, scharrendes Geräusch hörte – kaum einen Meter von ihm entfernt. Hatten die Vögel ihn schon bemerkt? Einige Sekunden verrannen. Es geschah aber nichts. Er bewegte sich noch ein paar kleine Schritte vorwärts. Wieder dieses Geräusch raschelnder Federn – und dann Ruhe. Nun trat der Kühne auf die weiche Erde zwischen den Pflanzen, zuerst nur mit den Vorderpfoten. Er hatte fast aufgehört zu atmen. Ein Hinterbein – das gesunde – folgte. Wie unbeweglich stand er da und versuchte, sein verletztes Bein nachzuziehen. Nur das hätte ihn jetzt noch verraten können. Langsam, ganz langsam brachte er es auf gleiche Höhe. Dabei streifte es einen Zweig, das Laub bewegte sich kaum. Aber das reichte schon. Die Zwerghühner schossen heraus, die Henne in eine Richtung und der Hahn in eine andere – direkt vor sein wartendes Maul. Ein Zupacken, und schon war es passiert. Er hielt sich nur noch so lange auf, bis er sein Opfer fest im Griff hatte. Während die Henne noch voller Panik wild umherflatterte, humpelte der Fuchs schon triumphierend aus dem Garten hinaus. Er beeilte sich sehr, horchte aber doch, ob etwas von dem Hund zu hören war. Sein Herz schlug rasend schnell, und er konnte sein Glück kaum fassen.

Er näherte sich wieder dem Rübenfeld und ging sogleich in Deckung, als er wieder einen Dachs bemerkte, der zwischen den Pflanzen zugange war. Still lag er da und beobachtete das Tier. Ja, es war Schatten. Er erkannte sie an ihren Bewegungen. Der Kühne sorgte sich um seine Beute, und darum ärgerte es ihn, daß sie gerade jetzt aufgetaucht war. Wenn sie ihn entdeckte, würde er seine Mahlzeit mit ihr teilen müssen – soviel war klar. Sie hatte sich schließlich vor gar nicht langer Zeit sehr abgemüht, ihn mit Fressen zu versorgen. Anscheinend hatte sie es nicht besonders eilig, sich davonzumachen. Knollen und Wurzeln gehörten zu ihren Lieblingsspeisen, und wie er selbst wußte, waren sie auf diesem Feld besonders saftig. Endlich – der Körper des Hahns wurde schon kalt – schien die Dächsin genug zusammengetragen zu haben. Daß sie ihre Mahlzeit so genüßlich und langsam einnahm, ärgerte den Kühnen ziemlich. Sein Maul wurde beim Warten schon ganz trocken, während sie immer noch voller Appetit vor sich hin speiste.

Als der Kühne gerade glaubte, er könne es nicht mehr aushalten, hörte sie auf zu fressen und kam geradewegs auf ihn zu. Der Kühne ließ den Hahn fallen und seufzte. Sein nervenaufreibendes Warten schien umsonst gewesen zu sein.

„Kühner!" rief sie freudig. „Ich habe dich erst gar nicht gesehen."

Er hatte sich wieder aufgerichtet. „Ich... äh... ich komme gerade von da her", gab er unbeholfen zurück.

Ihr Blick streifte das tote Stück Geflügel. „Ich sehe schon, du warst fleißig", sagte sie und begriff sofort, in welch unangenehmer Lage er sich befand. „Mach dir keine Sorgen, ich bin schon ganz satt. Laß dir deinen Fang nur schmecken."

„Nein, nein", entgegnete er ohne rechten Nachdruck. „Das hier wird gerecht geteilt."

„Soweit kommt's noch!" antwortete sie. „Du hast dich doch bestimmt sehr anstrengen müssen, um an das da heranzukommen."

Der Kühne wurde nun etwas ruhiger. „Also, ja, wirklich, das habe ich", gestand er. „Es tut mir leid, Schatten. Es ist eben so, daß..."

„Du brauchst nichts zu erklären", versicherte sie ihm. „Ich verstehe vollkommen. Alles, was du kriegen kannst, brauchst du schließlich selbst – bei deiner Behinderung. Aber das hast du wirklich gut gemacht!"

„Danke", sagte er. „Ich *war* auch ziemlich zufrieden mit mir."

Schatten sagte: „Ich will dich nicht länger aufhalten. Bestimmt hast du schon Hunger!"

Sie machte sich davon, und der Kühne eilte zu seinem Bau. Er ließ sich sehr viel Zeit bei seinem Mahl. Jeden saftigen Bissen wollte er ganz und gar genießen. Es konnte viele Tage dauern, bis er wieder so erfolgreich war. Danach träumte er vom Fasanenwald; wie er dort leichtfüßig und ohne die geringste Anstrengung die fettesten Fasane erbeutete. So lebhaft träumte der Kühne von diesen Heldentaten, daß er beim Erwachen einige Mühe hatte, sich wieder an die Wirklichkeit zu gewöhnen. Und darum auch hatte er jetzt nur noch einen Gedanken im Kopf: den anderen Vogel zu erlegen – die Gefährtin des Zwerghahns.

Am Abend schlich er wieder zu dem Bauernhof – so vorsichtig und lautlos wie beim letztenmal. Vor ihm tauchte die Hütte auf, sie schien in der milden Abendluft friedlich vor sich hin zu schlummern. Nichts rührte sich. Schritt für Schritt näherte er sich dem Garten. Er zögerte ein wenig, als er bemerkte, daß sich irgend etwas verändert hatte – er wußte aber noch nicht, was. Dann sah er in der Dunkelheit eine merkwürdige Gestalt zwischen dem Gebüsch, wo das Nest der Zwerghühner gewesen war. Die Menschen hatten erkannt, daß man die Henne schützen mußte, und hatten sie die Nacht über in ein sicheres Gehege gesperrt. Der Kühne hielt inne und überlegte, ob es sich lohnen würde, dieses komische Ding da näher zu untersuchen. Er hinkte etwas näher heran.

Plötzlich erschrak er zu Tode. Der Hofhund befand sich nämlich nicht mehr an seinem bisherigen Platz bei der Hundehütte, sondern war als zusätzlicher Wachtposten an der Rückseite des Bauernhauses angekettet worden!

Eine große schwarze Gestalt stürzte aus der Dunkelheit hervor, zerrte wie ein Panther an der Kette und bellte schrecklich laut. Die blinkenden Fangzähne und die wild funkelnden Augen waren ein Anblick wie aus einem Alptraum. Der Kühne nahm sofort Reißaus. Sein verletztes Bein schleifte er hinter sich her, wieder und wieder schlug es hart auf dem Boden auf. Jeden Moment erwartete er, daß sich ein gewaltiger Körper auf ihn stürzen, ihn niederwerfen und gnadenlos zu Boden drücken würde. Aber das Bellen wurde immer leiser, und bald begann der Kühne wieder freier zu atmen.

Er lief immer weiter, bis er endlich seinen sicheren Bau wieder erreicht hatte. Er war gerade noch einmal davongekommen und schwor sich, niemals mehr an diesen Ort zurückzukehren. Wenigstens hatte er sich letzte Nacht satt gegessen, diesmal jedenfalls war er leer ausgegangen. Aber es schien so, daß sich die Menschen nicht damit zufriedengaben, dem Kühnen einen Schrecken eingejagt zu haben. Sie wußten, daß ein Fuchs ihnen den Hahn geraubt hatte, und sie wußten auch, daß er sich noch immer in der Nähe herumtrieb. Und solange er das tat, stellte er eine Bedrohung dar. Also machten sie sich auf, diese Bedrohung zu beseitigen.

Am nächsten Morgen wurde der Hofhund auf seine Fährte angesetzt. Und weil diese Fährte noch frisch war, war es nicht schwer, ihr zu folgen. Der Hund kam schon quer über das Gemüsebeet, gefolgt von ein paar jungen Männern mit Spaten und einem Terrier. Der Kühne hörte sie erst, als sie die Hecke erreichten. Triumphierend verbellte der Hund den Eingang zu seinem Bau. Der große Hund wurde zurückgehalten, und dann hörte der Kühne ein scharrendes Geräusch. Man hatte den Terrier in seine Erdhöhle geschickt. Gleich darauf wurde das Loch verschlossen, in dem Bau war es nun ganz dunkel.

Mit gesträubten Haaren stellte sich der Kühne zum

Kampf. Er war bereit, sofort nach dem kleinen Köter zu schnappen, der ihn da im Dunkeln anknurrte. Der Bau hatte noch einen zweiten Ausgang, und zu diesem kroch der Kühne nun rückwärts langsam hin. Den mutigen kleinen Hund behielt er im Auge, um einen schnellen Vorstoß sofort abwehren zu können. Aber an seinem Hinterteil spürte er plötzlich eine Wand aus Erde. Der Fluchtweg war zugeschüttet, und von der anderen Seite hielt ihn der Terrier in Schach.

Dann hörte er die aufgeregten Stimmen der Männer und wie sie mit ihren Spaten begannen, die Erde aufzugraben. Die lockere, feuchte Erde bröckelte auf ihn herab, und die Spitze eines Spatens schrammte wie eine Sense über sein Rückenfell. Schon drang etwas Tageslicht in den Bau, während die schweren Werkzeuge auch noch den Rest der schützenden Erdschicht abtrugen. Die letzte Schicht wurde abgehoben, und somit lag der hingekauerte Körper des Kühnen im Freien – wie ein wehrloser Wurm in einem offenen Gang. Die friedlich daliegende Landschaft erzitterte unter dem ohrenbetäubenden Gebell des immer noch rasend wilden Hofhundes. Man zog den Terrier aus der Höhle heraus, und der Kühne wartete zusammengekauert auf den erbarmungslosen Hieb mit dem Spaten, der sein Schicksal besiegeln würde. Vorbei war es mit seinen Abenteuern.

10

Nicht schuldig

Die zwei jungen Männer besahen sich das schwache, verkrüppelte Tier, das da starr vor Schreck vor ihnen lag. Dann sahen sie sich mit hochgezogenen Augenbrauen an. War dieser arme Kerl da etwa der Fuchs, der ihren Zwerghahn getötet hatte?

„Das kann nicht der Übeltäter sein“, sagte der eine zu dem anderen.

„Sicher hat er eine Gefährtin, die es getan hat“, murmelte sein Begleiter. „Man kann die Federn noch deutlich sehen.“

„Ruhig, Hasso! Hör auf mit dem Krach!“ schrie der erste Mann den großen Hund an. Der hörte auf zu bellen und begann enttäuscht zu winseln und zu knurren. Nur der Terrier kläffte weiter aufgeregt vor sich hin.

„Am besten lassen wir das arme Vieh da liegen“, sagte jetzt der zweite Mann. „*Der* kann uns nicht schaden. Wahrscheinlich übersteht er den Winter sowieso nicht.“

„Der nicht, mit so einer Verletzung. Und seine Gefährtin wird kaum hier in der Gegend bleiben, nachdem sie jetzt keinen Unterschlupf mehr hat.“

„Vielleicht hat sie aber woanders noch einen Bau?“

„Ich kenne keinen anderen“, sagte der Mann, der den Terrier festhielt. „Aber wir müssen unsere Augen offenhalten.“

Der Kühne hatte voller Angst sein Ende erwartet und sah nun mit verschwommenem Blick und ganz erstaunt, wie die Männer sich umdrehten und mit den Hunden und ihrem Werkzeug über das Feld davonstapften. Er kletterte aus seinem zerstörten Bau heraus und kroch durch die Hecke hinüber zur anderen Seite. Dort machte er sich dann über das offene Land davon, so schnell es ihm sein humpelnder Gang erlaubte. Jede Sekunde erwartete er, daß man ihn verfolgen würde. So humpelte er vorwärts, und jeder mühsame Schritt brachte ihn ein Stück weiter aus der Gefahrenzone. Hinter ihm war nichts zu hören. Schließlich erkannte er, daß er nicht verfolgt wurde, und blieb kurz stehen, um mit einem kräftigen Schütteln sein Fell von der darauf gerieselten Erde zu befreien. Das Verhalten der Menschen war wirklich unbegreiflich.

Der Kühne dachte jetzt nur noch daran, diese Gegend so weit wie möglich hinter sich zu lassen, bevor ihn neues Unheil treffen konnte. Die Furcht verlieh ihm neue Kräfte, und am späten Nachmittag bemerkte er, daß er schon ein ordentliches Stück zurückgelegt hatte. Er befand sich in einer Gegend, die er noch nie zuvor gesehen hatte, und er wußte, daß er sich jetzt ausruhen mußte. Sein ganzer Körper zitterte nach all den Anstrengungen, seine Beine schmerzten schrecklich. Er schwankte in ein Stechpalmengebüsch hinein, das sich am Rande eines kleinen Wäldchens befand. Ohne sich um die Stacheln zu kümmern, fiel er dort zwischen dem welken Laub erschöpft zu Boden.

Unbemerkt von dem Kühnen, zog eine vertraute schwarze Gestalt ihre Kreise am winterlichen Himmel. Manchmal schlug sie mit den Flügeln, wenn sie an Höhe verlor. Zufrieden damit, daß sich der erschöpfte Fuchs für einige Stunden nicht würde rühren können, flog sie über die Baumwipfel hinweg davon und gab in ihrer schläfrigen Art ein paar schrille Schreie von sich, während es schon zu dämmern begann.

Bei Sonnenaufgang wurde der Kühne durch einen frostigen Wind geweckt, der ihm durch das Fell fuhr. Der Boden rings um das Dickicht war steinhart gefroren. Sogar die Stechpalmenblätter hatte einen weißen Überzug bekommen. Den Kühnen schauderte vor Kälte. Um ihn herum breitete sich dichter Nebel aus. Dann blinzelte er ungläubig, als er aus dem Nebel einen großen, schwarzen Vogel auftauchen sah, der in seinem Schnabel einige Fleischstückchen hielt.

Die Aaskrähe lud ihre Last bei dem Fuchs ab und krächzte einen Willkommensgruß. „Wieder unterwegs, wie ich sehe?“ fügte sie hinzu. „Dann wirst du das da brauchen können.“

Der Kühne besah sich das halbverrottete rohe Fleisch genauer. „Ich habe seit zwei Tagen nichts mehr gefressen. Darum weiß ich das hier mehr zu schätzen, als du dir vorstellen kannst.“ Er nahm sich einen Bissen. „Es schmeckt wirklich gut“, sagte er dann. „Wo hast du das denn gefunden?“

„Oho! Davon gibt’s noch viel mehr, wenn man weiß, wo man suchen muß“, antwortete die Krähe gutgelaunt.

„Und wo ist das?“ fragte der Kühne ungeduldig.

„In der Stadt.“

„Stadt?“ Der Kühne fraß noch ein Stück Fleisch.

„Ja, nicht weit von hier. Da gibt es viele Menschen und ihre Bauten – *und* ihre Nahrung!“

Der Kühne spitzte die Ohren. „Wo kann man sich dort verstecken?“ wollte er wissen.

„Oh, überall außen herum. Du müßtest natürlich am Stadtrand bleiben und könntest nur nachts auf Raubzug gehen.“

„Genauso habe ich's mir vorgestellt“, sagte der Kühne sauer lächelnd.

„Entschuldigung. Natürlich muß ich dir dein Handwerk nicht erst beibringen“, antwortete die Krähe schnell.

„Wie lange brauche ich, um dort hinzukommen?“ fragte der Kühne als nächstes.

Die Krähe sagte: „Ich weiß es nicht. Ich kenne mich nur in Entfernungen aus, wie sie ein Vogel zurücklegen kann. Als Vierbeiner braucht man vielleicht eine Nacht bis dorthin.“

„Ich bin ja nur ein Dreibeiner“, erinnerte sie der Kühne mit Bitterkeit in der Stimme. „Dann mache ich mich besser gleich auf den Weg, sobald es dunkel wird.“ Er fraß das Fleisch auf, das ihm die Krähe gebracht hatte. „In welche Richtung muß ich gehen?“

„Ich zeig' es dir“, sagte die Krähe und flog vom Boden auf. Der Kühne sah ihrem Flug nach, bis er sie nur noch als kleinen Punkt am Himmel erkennen konnte. Dann erhob er sich und streckte seine drei heilen Glieder. Er war bis aufs Mark durchgefroren und fühlte sich überhaupt nicht wohl. Irgendwie mußte er sich aufwärmen, und das ging nur, wenn er in Bewegung blieb. Der kalte Nebel trieb Tränen in sein lädiertes Auge. Andererseits waren ihm aber die schützenden Nebelschwaden ganz recht. Kein noch so guter Späher konnte so den humpelnden Fuchs bei seinen mühseligen Versuchen, sich fortzubewegen, entdecken, und darüber war der Kühne sehr froh.

Die Sonne schimmerte schwach durch den Nebel, konnte ihn aber nicht wirklich durchdringen. Und der Wind trieb die Nebelschwaden hin und her wie kleine Wolkenfetzen. Der junge Fuchs hielt sich warm, indem er ein wenig auf und ab lief und sich die Zeit vertrieb, bis die Sonne endlich ihren Kampf gegen den Nebel aufgab.

Es wurde früh dunkel, und nun steuerte der Kühne sein neues Ziel an – er machte sich in die Richtung auf, die ihm der Vogel gewiesen hatte. Umsichtig und ohne allzu große Eile bewegte er sich vorwärts. Kein Lüftchen regte sich jetzt mehr, und kaum ein Laut war zu hören. Nur ab und zu vernahm der Kühne ein Rascheln von einem der Nachttiere. Nach einiger Zeit bemerkte er einen schwachen Lichtschein, der vom fernen Horizont zu kommen schien. Er wurde immer heller, je näher er kam. Er wußte es zwar noch nicht, aber das waren die Lichter der Stadt.

Schließlich begann der Kühne sich nach einem Unterschlupf umzusehen. Er wußte nicht, wie weit er gekommen war, aber wie gewöhnlich gaben ihm seine Beine zu verstehen, daß es Zeit war, sich auszuruhen. Er verkroch sich im nächstgelegenen Wäldchen und war ganz zufrieden mit dem, was er in dieser Nacht geschafft hatte. Am nächsten Abend machte er sich wieder auf in Richtung dieses hellen Streifens am Horizont. Der Nebel hatte sich verzogen, und schon bald vernahm er ganz deutlich die ersten gedämpften Geräusche der Stadt. Sie waren aber noch zu weit entfernt, um ihn beunruhigen zu können. Er hatte keine Ahnung davon, welch schrecklichen Lärm die Menschen in ihrem Alltag veranstalten können. Straßenlärm und das Rattern von Maschinen waren ihm vollkommen unbekannt. Die Krähe hatte ihn nicht vor all dem gewarnt, was da auf ihn zukommen sollte, und so schlief er nach seiner zweiten nächtlichen Wanderung ganz ahnungslos ein. Er war überhaupt nicht vorbereitet auf den Schock, der ihn am nächsten Morgen treffen sollte.

Er war zu einem Sportplatz vorgedrungen, und ein

Abfalleimer dort hatte ihn mit allerlei Resten versorgt. Es war ganz einfach gewesen, ihn auszuleeren, um an seinen Inhalt heranzukommen. Nach dem Fressen hatte sich der Kühne unter eine Ligusterhecke gelegt. Im Morgengrauen erreichten die ersten Geräusche einer erwachenden Stadt den schlafenden Fuchs und beendeten seinen Schlummer. Eingehüllt in seinen dichten Winterpelz lag er da und rührte sich nicht. Er war jetzt vollkommen wach. Aber diese frühmorgendlichen Geräusche waren noch gar nichts gegen das, was nun losbrach, da der Puls der Stadt erst richtig zu schlagen begann. Dem Kühnen wurde es unbehaglich zumute. Er kroch aus der Hecke heraus, um ein dichteres Gebüsch zu suchen. Aber da war keines. Er begann den Kopf zu verlieren. Der Lärm wurde immer lauter. Der Fuchs konnte es nicht mehr auf einem Fleck aushalten. Jedes neue Getöse versetzte ihn in Angst und Schrecken, aber er hinkte nur im Kreis herum. Plötzlich erblickte er etwas, das wie eine dunkle Öffnung aussah, und hielt schnurstracks darauf zu. Es war eine kleine Hütte, in der ein paar Werkzeuge untergebracht waren, die dem Platzwart des Sportgeländes gehörten. Die Tür war nur angelehnt. Der Kühne sauste hinein und warf dabei die aufgereihten Geräte um, die mit lautem Getöse auf den hölzernen Boden krachten. Vollkommen verängstigt taumelte er wieder hinaus und suchte wie wild nach irgendeinem Versteck. In der Nähe sah er ein paar Leute mit Hunden spazierengehen, und er verdrückte sich wieder in die Ligusterhecke. Der Lärm schien wirklich alles zu durchdringen und bewirkte, daß der Kühne kaum noch seinen einfachsten Instinkten folgen konnte. Schließlich hörte er in der Nähe ein leises Krächzen.

„Komm mit! Ich zeig' dir, wohin." Die Aaskrähe hatte sich gut sichtbar in einer Eberesche niedergelassen und wartete auf ihn. Dann schwang sie sich auf und flog ganz niedrig direkt über den Sportplatz. Ohne zu überlegen, stolperte der Kühne hinterher. Auf der anderen Seite wartete der Vogel, bis er nachgekommen war, und flog dann geradewegs zu einem Stück Ödland, auf dem Brombeer- und Ulmenbüsche wuchsen und das ansonsten von rostfarbenem Unkraut überwuchert war. Der Kühne stürzte sich ohne langes Zögern in diese üppige Vegetation, bis er nicht mehr zu sehen war. Die Krähe saß auf der Spitze eines jungen Ahornbaumes und sah sich um.

„Hier bist du vorläufig in Sicherheit", sagte sie.

Der Kühne sagte erst mal nichts. Die letzte halbe Stunde, insbesondere das Überqueren des Sportplatzes ohne jegliche Deckung, hatte ihn vollkommen entnervt.

„Du hast länger gebraucht, um hierherzukommen, als ich erwartet hatte", fuhr die Krähe fort.

Jetzt sagte der Kühne: „Ich wollte, ich wäre nicht gekommen. Dieser schreckliche Lärm! So was hab' ich noch nie gehört. Wär' ich doch nur geblieben, wo ich war."

„Unsinn!" ereiferte sich die Krähe. „Es nützt dir gar nichts, wenn du irgendwo in Sicherheit bist, wo du nichts zu fressen findest."

„Es ging doch ganz gut", maulte der Kühne aus dem Unterholz heraus.

„Hier wird es dir noch besser gehen", erwiderte die Krähe, „sobald du dich eingewöhnt hast."

„Das werde ich niemals!"

„Der Krach allein kann dir doch gar nichts anhaben. Das ist Stadtlärm, den die Menschen eben machen, und der wird weder dir noch irgendeinem anderen Tier auch nur ein bißchen gefährlich. Man muß sich einfach daran gewöhnen. Das ist jeden Tag dasselbe. Nachts, wenn du unterwegs bist, ist es ruhiger. Du mußt dich bloß vor denen in acht nehmen, die den Lärm *machen*."

Der Kühne hatte sich mittlerweile ein wenig beruhigt. Der Krach war nicht mehr lauter geworden, und es gab auch keine Anzeichen dafür, daß er näher kam. Vielleicht war es *wirklich* der Mühe wert, bis zum Einbruch der Dunkelheit zu warten, um zu sehen, ob die Krähe recht hatte.

„Wenn du erst mal auf Futtersuche gegangen bist, sieht alles ganz anders aus“, versicherte ihm der Vogel. „Es gibt da einiges zu holen, wenn man nur weiß, wo man suchen muß.“

„Also gut“, sagte der Kühne. „Ich werde es versuchen. Übrigens, ich habe ganz vergessen, dir für deine Rettungstat zu danken.“

„Ich muß dir gestehen, daß das auch Eigennutz gewesen ist“, sagte der Vogel frei heraus. „Du kommst schließlich an Dinge heran, an die ich nicht herankomme. Darum hoffe ich, daß in Zukunft auch mein Tisch reichlicher gedeckt sein wird ...“

„Ich verstehe“, sagte der Kühne. „Und natürlich verdanke ich dir viel. Ich werde mit dir alles teilen, was ich finde – solange ich selbst genügend habe.“

„Natürlich. Und ich werde das gleiche für dich tun – ich bin nämlich tagsüber unterwegs. Auf diese Weise können wir beide hier soviel wie möglich herausholen. Es gibt im Winter keinen besseren Ort als ganz in der Nähe der Nistplätze der Menschen.“

Der Kühne fand es lustig, wie sie sich ausdrückte. Es schien, daß der Vogel seine eigene Vorstellung davon, wie man die Menschen ausnutzen konnte, teilte.

„Jetzt wird es aber Zeit, daß ich etwas auftreibe“, erklärte die Krähe und fügte noch hinzu: „Du rührst dich nicht von der Stelle.“ Diese Bemerkung war allerdings ganz überflüssig gewesen, denn der Kühne schlief sofort ein.

Er schlief immer noch, als seine Partnerin zurückkehrte. Die Krähe hielt mit ihren Kulleraugen vergebens Ausschau nach ihm, so gut hatte sich der Fuchs versteckt. Ungeduldig krächzte sie vor sich hin.

„Du bist schon zurück?“ gab der Kühne schließlich verschlafen von sich. Nur ein leichtes Rascheln im Unterholz verriet, wo er steckte.

Die Krähe wartete geduldig, aber der Kühne rührte sich nicht. „Willst du nicht mal sehen, was ich mitgebracht habe?“ krächzte sie. „Das ist alles für dich. Ich habe schon gefressen.“

Der Kühne kroch aus seinem Versteck heraus und schnupperte an dem merkwürdigen Gegenstand, der da auf ihn wartete – ein Packen belegter Brote. Er beschnüffelte ihn von oben bis unten und leckte dann einmal vorsichtig daran. „Was ist das?“ fragte er verwirrt.

„Was Menschen essen“, antwortete die Krähe. „Ich habe es auf der Erde gefunden. Es schmeckt ganz gut.“

„Es riecht schon gut, aber...“ Der Kühne redete nicht weiter, sondern untersuchte den Fund noch einmal. Dann zerrte er an der Papierverpackung. *Die* war jedenfalls nicht besonders wohlschmeckend.

„Du mußt nehmen, was kommt“, erklärte die Krähe. „Wir können es uns nicht leisten, auch nur *das Geringste* zu übersehen. Du wirst dich wundern, was man alles fressen kann, wenn man sich erst daran gewöhnt hat.“

Der Kühne hatte noch nie zuvor Brot gesehen. Dies hier war aber mit Fleisch belegt – also fraß er den ganzen Haufen auf, und es schmeckte ihm sogar.

„Hast du auch so etwas gefressen?“ fragte er dann.

„Nein“, antwortete die Krähe. „Ich habe etwas gefunden, das man für eine Katze oder einen Hund hingestellt hat, und das hab’ ich ganz aufgefressen.“

„Dann wird jetzt ein armes Tier hungern müssen“, meinte der Kühne. „Ich glaube, ich werde dich ‚Räuber‘ nennen.“

„Verschwende bloß kein Mitleid an die“, erwiderte die Krähe. „Wer von den Menschen gefüttert wird, braucht nie zu hungern. Also haben wir beide auch das Recht, uns zu nehmen, was wir kriegen können."

„Ja, Räuber", sagte der Kühne entschlossen.

„Ja, Kühner", antwortete Räuber.

11

Der Stadtfuchs

Als es dunkel wurde, war der Kühne an der Reihe, sich auf Futtersuche zu machen. Räuber hatte sich an einem abgelegenen Plätzchen ganz oben in einem hohen Baum zur Ruhe begeben. Jetzt mußte der junge Fuchs seinen ganzen Mut aufbringen. Lange Zeit noch ließ der Lärm aus der Stadt nicht nach. Aber je später am Abend es wurde, um so ruhiger wurde es. Nur noch ab und zu war ein kreischendes Gequietsche zu hören. Dann endlich machte sich der Kühne auf.

Der Mondschein tauchte ihn in ein fahles Licht, als er quer über das Sportgelände humpelte, direkt auf die schwarzen Umrisse der menschlichen Behausungen zu. Immer wieder hielt er inne, um zu wittern. Sein starker Geruchssinn erfaßte eine Unzahl merkwürdiger Gerüche, von denen er keinen einzigen kannte. Aber er machte weiter voran, immer bereit, sich sofort zu verstecken, wenn er den Geruch eines Hundes oder gar den eines Menschen wittern würde. Die ersten Gebäude, die er erreichte, lagen in völliger Dunkelheit. Mauern oder Zäune begrenzten die Häuser samt den dazugehörenden Gärten. Wie ein Schatten schlich der Kühne an diesen Hindernissen entlang und suchte nach einem Durchlaß. Denn im Gegensatz zu anderen Tieren seiner Art konnte er ja nicht mehr springen. Er erkannte bald, daß er dadurch wirklich stark behindert war, denn aus diesem Grund konnte er in die meisten Gärten nicht hineingelangen. Natürlich konnte er sich erstaunlich klein machen, um so auch noch durch die schmalste Öffnung zu schlüpfen; er konnte sich auch ganz flach machen, um unter einem Hindernis hindurchzukriechen und er konnte sogar graben; aber mit dem Springen war es ein für allemal vorbei.

Trotzdem gelangte der Kühne auf diesem ersten Erkundungsgang in einige Höfe und Gärten. Und hier entdeckte er auch das, was in den nächsten Wochen seine hauptsächliche Nahrungsquelle sein sollte: Mülleimer. Nachdem er sich einmal an deren Scheppern gewöhnt hatte, wurde ihm schnell klar, daß man in diesen Behältern eine beachtliche Auswahl an weggeworfenen Brocken finden konnte! Es schien, daß hier immer etwas Brauchbares zu holen war. Es kam ihm fast so vor, als ob ihn die leichtsinnigen Menschen dazu auffordern wollten, es sich hier schmekken zu lassen, und der Kühne war dankbar für jedes noch so kleine Häppchen, um so mehr, als sein Überleben nun gesichert zu sein schien. Dem Winter würde er jedenfalls nicht zum Opfer fallen.

Seine Neugierde hielt ihn so in Trab, daß er ganz vergaß, wie weit er von seinem neuen Unterschlupf entfernt war. Es dämmerte bereits, als er sich eiligst auf den Rückweg machte. Er hatte nicht mehr an seine Abmachung mit

Räuber gedacht und daher nichts mitgenommen. Auf den Wegen der Menschen humpelte er zurück, bis er endlich am Sportplatz ankam. Der Lärm hatte schon wieder eingesetzt, als er über den offen daliegenden Platz hastete. Erst als er das Brachland erreichte, fiel ihm ein, daß er sich nicht an die Übereinkunft gehalten hatte.

Räuber traf auf dem Gelände ein, wollte aber den Kühnen bei seinem friedlichen Nickerchen nicht stören. Also watschelte sie auf und ab und drehte ihren Kopf mal hierhin, mal dorthin – auf der Suche nach dem Leckerbissen, mit dem sie schon sicher gerechnet hatte. Aber natürlich konnte sie nichts finden. Räuber fragte sich, ob der Kühne vielleicht gar nicht zurückgekommen war. Sie schwang sich auf, flog auf einen Ast und spähte von dort suchend über das Gelände. Von einem Tier war aber nichts zu sehen. Ärgerlich stieß sie drei-, viermal ein lautes und schrilles „Krah“ aus.

„Hier bin ich“, gab sich der Kühne zu erkennen.

„Ah ja, jetzt sehe ich dich“, sagte die Krähe. „Hast du kein Glück gehabt?“

„Äh ... doch, eigentlich schon“, antwortete der Kühne verlegen.

Es gab eine Pause. „Oh! Also ist unser Abkommen eine einseitige Sache?“ bemerkte die Krähe dann.

„Überhaupt nicht“, beeilte sich der Kühne zu erklären. „Ich ... ich war noch ziemlich weit von zu Hause weg, als es schon hell wurde.“

„Verstehe. Also, da du mir ja noch etwas schuldig bist, wirst du wohl nicht erwarten, daß ich jetzt etwas für dich suche?“

„Natürlich nicht“, sagte der Kühne kleinlaut.

Ohne ein weiteres Wort flog Räuber davon. Der Kühne schämte sich ein bißchen und beschloß, sein Versäumnis bei seinem nächsten Ausflug wiedergutzumachen.

Der nächste Abend brach erstaunlich schnell herein.

Der Dezember begann mit beißendem Graupelschauer, der wie eine Gischt aus eisigen Nadeln über den offen daliegenden Platz fegte. Dem Fuchs schmerzten die Augen, wie er so gegen den heftigen Wind ankämpfte – er verwünschte seine Behinderung, sein Hinken. Zwischen den Behausungen der Menschen war es geschützter, und der Kühne fand wieder Gefallen am Herumschnüffeln. In einem Hof entdeckte er zwei kleine Schüsseln; in einer war Milch, in der anderen Fisch. Er freute sich sehr über die Zuvorkommenheit der Menschen, die sie hingestellt hatten. Anscheinend waren keine anderen Tiere in der Nähe, die Anspruch auf den Inhalt der Schüsseln erheben konnten.

Vorsichtig ging er weiter. In einem Garten schnappte er sich ein paar Brotstücke, die von den Vögeln übersehen worden waren, und in einem anderen warf er einige Eimer um, um ihren scharfriechenden Inhalt plündern zu können. Er hatte es gelernt, sich schnell hinter einem Busch oder etwas anderem zu verbergen, wenn der Eimer krachend umfiel. Wenn dann ein paar Minuten lang nichts geschah, schlich er wieder zurück, um sich seine Beute zu holen. Manchmal aber trieb das Gescheppere, das er verursachte, doch einen Menschen ins Freie. Wenn das geschah, war der Kühne sofort hinaus aus dem Garten und schon von der Bildfläche verschwunden, bevor man ihn überhaupt bemerken konnte.

An diesem Abend sollte er zum erstenmal erfahren, daß er bei seiner Futtersuche Rivalen hatte. Er spähte gerade in einen großen eingezäunten Garten, der aus einem Rasen und Blumenbeeten bestand und hinter einem eindrucksvollen Haus lag. Der Eisregen fiel schräg auf das Gras und wirkte jetzt wie eine Art Nebel. Und aus der Dunkelheit um das Haus herum trabte plötzlich munter und selbstbewußt ein Fuchs hervor – er schien genau zu wissen, worauf es hier ankam. Die Muskeln des Kühnen spannten sich schon beim bloßen Zusehen an. Das Tier schritt leichtfüßig und voller Anmut über das Gras, es strotzte geradezu vor Kraft und Gesundheit. Dann ging es geradewegs auf eine steinerne Platte zu, die zum Füttern von Vögeln diente und in fast zwei Meter Höhe auf einer Stange angebracht war. Mit beneidenswerter Gewandtheit sprang der Fuchs in einer einzigen fließenden Bewegung mitten hinauf. Und da stand das Tier dann und nahm furchtlos die Umgebung in Augenschein, bevor es sich das schnappte, was die Vögel übriggelassen hatten. Der Kühne war überwältigt. Er wußte, daß er ein Weibchen vor sich hatte, und er bewunderte ihre Kraft wie auch ihre Anmut und Eleganz. Dann dachte er an seine eigene traurige Gestalt, seinen humpelnden Gang, seine Unfähigkeit zu springen. Beschämt machte er sich ganz klein – er wollte nicht von ihr entdeckt werden.

Wie es der Zufall wollte, kam die Füchsin nach einem kurzen Rundgang durch den Garten genau auf den Kühnen zugelaufen. Unwillkürlich kauerte er sich eng auf die Erde hin. Die Füchsin sprang mühelos über den Zaun und landete knapp drei Meter entfernt von ihm. Durch eine kleine, unbeabsichtigte Bewegung verriet sich der Kühne. Sie wandte sich um und sah ihn ruhig an. Keine Spur von Überraschung oder Neugierde war ihr anzusehen. Ein paar Augenblicke lang starrten sie sich an, dann wandte sie sich ab und trabte so ungerührt davon, als ob er gerade eben so reizvoll gewesen wäre wie irgendein Stück Holz.

Der Kühne fühlte sich durch ihre Geringschätzung furchtbar gedemütigt. Obwohl sie ja eigentlich keinen Grund hatte, ihn besonders zu beachten, machte ihm ihre Gleichgültigkeit doch einmal mehr bewußt, welch kümmerliches Erscheinungsbild er abgab. Er spürte, daß sie bestimmt ganz anders reagiert hätte, wenn sie ihn während jener ersten ruhmreichen Wochen nach dem Verlassen des Naturschutzgebietes gesehen hätte. Jetzt war er allerdings wirklich ein ganz anderes Tier. Seine körperlichen Unzulänglichkeiten erreichten in seiner Vorstellung ein neues Ausmaß, und sein Selbstvertrauen sank auf einen Tiefpunkt. Was für eine elende, mühsam sich abquälende Kreatur war nur aus ihm geworden! Er kroch fort von dem Zaun, sein Schwanz hing leblos zwischen den Beinen. Warum diesen Kampf noch weiterführen? Es wäre sicher das beste, wenn er gar nicht mehr da wäre, dachte er bei sich.

Aber das Leben mußte weitergehen, und auch der Kühne mußte weitermachen. Er zog einen Knochen, an dem noch ein wenig Fleisch war, aus dem nächsten Mülleimer und machte sich langsam und traurig auf den Heimweg. Wenigstens würde Räuber diesmal keinen Grund haben, sich über ihn zu beschweren.

Die Krähe war vom Mitbringsel des Kühnen begeistert und verbrachte lange Zeit damit, an den Fleischresten am Knochen zu zerren und herumzupicken. Der Kühne fiel in einen tiefen Schlaf, er war völlig entmutigt und mit seinen Nerven am Ende. Bevor es dunkel wurde, kehrte Räuber zurück und warf dem Fuchs ein Stück eines selbsterlegten Beutetieres zu – sie ernährte sich nämlich nicht nur von Aas. Aber der Kühne machte keinen Versuch, es aufzufangen. Als Räuber später wieder vorüberflog, bemerkte sie das noch unberührte Stückchen und landete gleich, um es zurückzufordern.

„Es ist zu schade, um es verkommen zu lassen, wenn es dir nicht schmeckt“, beschwerte sie sich.

„Nimm es dir nur“, sagte der Kühne gleichgültig.

Etwas in seiner Stimme ließ den Vogel aufhorchen. „Ist irgend etwas nicht in Ordnung?“ wollte er wissen.

„Natürlich... nichts ist in Ordnung“, antwortete der Kühne zerknirscht.

„Gar nichts?“

„Gar nichts mit *mir*.“

„Aha!“ rief Räuber aus. „Das ist es also. Du bemitleidest dich selbst. Hör mal, das ist aber nicht besonders gut.“

Der Kühne schwieg.

„Du lebst doch, mein Freund“, fuhr der Vogel fort. „Wenn du meinen Rat nicht beherzigt hättest, wärst du da draußen bestimmt umgekommen.“

„Das wäre vielleicht das beste gewesen“, murmelte der Kühne. „Was tu’ ich denn eigentlich noch? Bloß die ganze Quälerei verlängern.“

„Dein Bein wird vielleicht besser werden“, sagte der Räuber aufmunternd.

„Bestimmt nicht“, sagte der Kühne. „Ich werde nie mehr so rennen und springen können wie früher. Wenn sich überhaupt was ändert, dann wird es höchstens noch schlimmer.“

„Du machst es einem aber wirklich nicht leicht“, sagte Räuber knapp. „Ich weiß gar nicht, warum ich mir darüber überhaupt Gedanken mache.“

„Es tut mir leid“, sagte der Kühne. „Ich weiß, ich sollte für einen Gefährten wie dich dankbar sein. Aber ich glaube, ich vermisse allmählich meinesgleichen.“

„Das kann man leicht ändern“, gab Räuber zurück. „Es gibt genug andere Füchse hier in der Gegend.“

„Ich weiß, ich habe einen gesehen“, sagte der Kühne griesgrämig.

Räuber legte ihren Kopf auf die Seite und sah ihn aufmerksam an. „Es könnte nicht zufällig eine Füchsin gewesen sein?“ kicherte sie.

„Ja, ja – eine Füchsin“, bestätigte der Kühne.

„Das ist doch vielversprechend, oder?“

„Ganz im Gegenteil“, meinte der Fuchs. „Ich bin nämlich nicht gerade ein besonders eindrucksvolles Tier, Räuber.“

„Ach herrje! Herrjemine!“ sagte Räuber betreten.

„Hm! Also, du wirst bald wieder ein bißchen mehr Fleisch auf den Knochen haben, da bin ich ganz sicher." Unschlüssig betrachtete sie das Stückchen Fleisch, sie hätte es gar zu gern selbst gefressen. Dann schien sie eine Entscheidung zu fällen. Sie ging einen Schritt zur Seite und drehte sich um. „Aber natürlich nur, wenn man dich zu einem guten Fressen nicht lange bitten muß", sagte sie. „Wenn du dich nicht beeilst und das hier auffrißt, solange ich mich umgedreht habe, dann werde ich es fressen."

Der Kühne begriff, worum es Räuber ging, und wußte auch genau, daß der Vogel für ihn wirklich ein Opfer brachte. Und so etwas kennt man bei Krähen sonst nur von der Brutzeit her. Er kam aus seinem Versteck heraus und schlang das Fleisch hinunter, bevor es sich Räuber anders überlegen konnte.

„So ist es schon besser", sagte die Krähe, als sie sich wieder umdrehte. Der Kühne aber meinte, in dem vertrauten Krächzen auch ein bißchen Enttäuschung heraushören zu können.

„Vielen Dank, Räuber", sagte er demütig. „Ich bin froh, daß du meine Freundin bist."

Die Krähe raschelte mit den Flügeln und begann sich zu putzen, um ein wenig abzulenken. Sie war ein bißchen verlegen geworden. „Also", sagte sie schließlich, „ich wünsche dir eine erfolgreiche Jagd heute abend."

Der Kühne dachte aber gar nicht ans Jagen. Seine Gedanken waren bei einer bestimmten geschmeidigen jungen Füchsin. Und er hoffte sehr, sie wiederzusehen.

12

Feder

In den nächsten Tagen suchte der Kühne immer wieder den großen Garten auf, wo er die Füchsin gesehen hatte. Allerdings konnte er nicht hineingelangen, da er nicht imstande war, über den Zaun zu springen. So starrte er also jeden Abend hilflos durch die Maschen und hoffte sehnsüchtig, daß er sie irgendwo entdecken würde. Sie war aber nie da – jedenfalls dann nicht, wenn er da war. Der Kühne wurde immer mutloser. Er erwähnte die Füchsin gegenüber Räuber zwar nie, aber die schlaue Krähe wußte sehr genau, woher der Wind wehte. Natürlich verzichtete sie darauf, irgend etwas dazu zu sagen.

Eines Abends dann glaubte der Kühne sie entdeckt zu haben. Ganz sicher bewegte sich da im hinteren Bereich des Gartens ein Tier – wie ein Schatten in der Dunkelheit.

Der Kühne starrte in die Finsternis, bis sein schwächeres Auge schmerzte. Er schnupperte und versuchte das Tier zu wittern. Aber das Tier stand nicht in Windrichtung, und darum konnte er seinen Geruch nicht ausmachen. Wenn er doch wenigstens hätte springen können! Vor lauter Ärger begann der Kühne zu knurren. Dann erinnerte er sich, daß er ja immer noch graben konnte.

Gleich fing er an, die Erde unter dem Zaun aufzuwühlen. Sie war ziemlich weich, und so grub er eifrig weiter. Immer wieder legte er eine kleine Pause ein, um zu sehen, ob das Tier vielleicht näher gekommen war. Immer tiefer grub der Kühne, aber noch konnte er nicht unter dem Zaun durchschlüpfen. Dann hörte er auf zu graben, denn das Tier war jetzt in den vorderen Bereich des Gartens gekommen. Es war die Füchsin, und sie näherte sich wieder der Steinplatte; wahrscheinlich wollte sie ihr Kunststück von neulich wiederholen. Der Kühne grub schnell weiter.

Er war so eifrig damit beschäftigt, den Zaun zu unterhöhlen, daß er es gar nicht gemerkt hätte, wenn die Füchsin schon herübergesprungen wäre. Aber inzwischen hatte er ihre Neugierde geweckt.

„Kannst du denn nicht springen?"

Der Kühne schreckte hoch und sah sie an. Die Füchsin stand auf der anderen Seite des Zaunes und setzte gerade zum Sprung an. Der Kühne konnte sehen, wie sich die Muskeln in ihren kräftigen Beinen anspannten. Er schämte sich wegen seines verkrüppelten Beines und versuchte es unter seinem Körper zu verbergen. Dann sprang die Füchsin über den Zaun.

„Äh … nein", murmelte der Kühne. „Nein, ich kann nicht springen."

„Bist du verletzt?"

Der Kühne sah zu Boden, er konnte ihrem durchdringenden Blick nicht standhalten. „Ich … ich war verletzt … äh … vor längerer Zeit", sagte er kaum hörbar.

„Das ist Pech“, erklärte sie. „Aber die Mühe kannst du dir sowieso sparen. Da drin gibt es kaum etwas zu holen. Warum willst du eigentlich unbedingt da hinein?“

Diese Frage überraschte den Kühnen. „Ich ... äh ... also, ich wollte ... äh ... ich wollte mich da durchgraben“, stieß er schließlich hervor.

„Ja, das sehe ich“, sagte die Füchsin und sah ihn neugierig an. „Aber was ist gerade an *dem* Garten so besonders?“

„Nichts mehr“, sagte der Kühne auf ganz und gar nicht kühne Art.

Die Füchsin setzte sich nieder. „Ich glaube, du wolltest zu *mir*“, sagte sie sanft.

Der Kühne schwieg.

„Ich habe dich noch nie gesehen“, fuhr sie fort. „Bist du neu hier?“

Der Kühne erinnerte sie nicht daran, daß sie ihn schon einmal gesehen hatte. „Ja“, sagte er. „Ich bin vom Land in die Stadt gekommen, als es dort draußen kaum mehr etwas zu fressen gab.“

„Sehr vernünftig“, bemerkte sie. „Ich komme im Winter ziemlich oft hierher, um die dürftige Kost, die man draußen findet, ein wenig aufzubessern. Aber für dich muß das ja doppelt schwierig sein.“

„Wie meinst du das?“ fragte der Kühne abwartend.

„Also, du kannst nicht springen, du kannst auch nicht rennen, denke ich mir“, sagte die Füchsin.

„Nein, das kann ich nicht“, platzte es aus ihm heraus. „Und du könntest es auch nicht mehr, wenn man dir ins Bein geschossen hätte.“

„Aber, aber, warum bist du denn so empfindlich?“ sagte sie. „Mißgeschicke passieren eben.“

Der Kühne sagte jetzt gar nichts mehr.

„Wenn ich du wäre, wäre ich froh, daß ich noch am

Leben bin", fuhr die Füchsin fort. „Wie ist das überhaupt passiert?"

Der Kühne erzählte es ihr. Die Füchsin lauschte ihm mit spürbarer Anteilnahme. „Das war wirklich großes Pech", sagte sie dann ernst. „Vielleicht wollten sich diese Menschen an dir rächen, weil du Fasane geraubt hattest, die *sie* töten wollten."

Der Kühne hielt dies für eine recht scharfsinnige Überlegung. Er dachte einen Moment nach. „Zweimal wollten sie mich töten, und jedesmal bin ich im letzten Augenblick davongekommen", sagte er dann. „Es wäre doch zu komisch, wenn ich jetzt steinalt werden würde – und das, weil ich von ihren Abfällen lebe."

„Das wäre aber auch eine Art von Gerechtigkeit", merkte die Füchsin an.

Der Kühne stand auf und schüttelte sich ausgiebig. Erst nachdem er ein paar Schritte gegangen war, bemerkte die Füchsin, wie schwer seine Verletzung war. In ihrem Inneren regte sich etwas. „Wenn du Hilfe annehmen würdest, würde ich dir gern helfen", sagte sie zu ihm. „*Ich* könnte dir deine Beine ersetzen."

Der Kühne zuckte innerlich zusammen. Noch ein Schlag für seinen Stolz! „So hilflos bin ich eigentlich gar nicht", antwortete er ein wenig gereizt. „Aber hab vielen Dank für dein Angebot", fügte er dann mit freundlicherer Stimme hinzu.

Die Füchsin merkte, daß sie bei ihm einen wunden Punkt berührt hatte. Vielleicht hätte sie sich besser nicht in seine Angelegenheiten einmischen sollen. „Also dann, leb wohl", sagte sie rasch. „Und viel Glück!"

Der Kühne hätte sie fast zurückgehalten. Aber wieder kam ihm sein Stolz in die Quere. Seufzend sah er, wie ihr starker und geschmeidiger Körper in der Dunkelheit verschwand. Wie sehr wünschte er sich, daß sie ihn gesehen hätte, als er noch ansehnlicher gewesen war!

Tief in Gedanken machte er sich daran, sein Abendessen zu suchen: Er dachte noch immer über dieses Zusammentreffen nach, das er seit Tagen herbeigesehnt hatte. Er fraß ohne rechten Appetit das, was er gerade so fand. Nur bei der Auswahl seines Leckerbissens für Räuber gab er sich etwas mehr Mühe. Dann machte er sich voller Kummer auf den Heimweg.

In jenem Garten sah der Kühne die Füchsin von nun an nicht mehr. Doch sollten sich die beiden an einer anderen Stelle nochmals treffen. Ungefähr einen Monat nach ihrer letzten Begegnung – es war jetzt schon mitten im Winter – überquerte der Kühne wieder einmal den inzwischen schneebedeckten Sportplatz. Daß er sich nur mehr von Küchenabfällen ernährte und nie frisches Fleisch zu fressen bekam, hatte deutliche Spuren im Aussehen des Fuchses hinterlassen. Er war abgemagerter als je zuvor, und auch seinem Fell war der Mangel an wirklich nahrhaftem Futter anzusehen. Und durch die strenge Kälte war sein verletztes Bein noch steifer geworden. In jeder Hinsicht wirkte er wie ein Tier, das sich nur mit größter Mühe gerade noch am Leben erhalten konnte. Unbemerkt von ihm beobachtete die Füchsin den Kühnen bei seinen schwankenden Schritten durch den Schnee. Auch sie hatte jetzt Schwierigkeiten zurechtzukommen, aber wie sie den Kühnen so dahintorkeln sah, waren ihre eigenen Probleme schnell vergessen.

Dieser Anblick ließ das Herz der Füchsin dahinschmelzen, und sie empfand nur noch Mitleid. Ein paar Sekunden zögerte sie noch. Dann sprang sie los, und nach einigen Sätzen war sie an seiner Seite.

Der Kühne wandte sich um und sah sie mit verwundertem Blick an. „Na“, sagte er, „wie geht's dir denn?“

„Vielleicht besser als dir, denk' ich mir“, antwortete sie sanft. „Ich … ich möchte dir helfen … vielmehr … ich möchte mit dir jagen“, verbesserte sie sich.

Der Kühne hatte ihren Versprecher wohl bemerkt, aber

eigentlich konnte er ihr Angebot nicht wieder ablehnen – und außerdem wollte er das überhaupt nicht. Seit seiner Verletzung schien es sein Schicksal zu sein, auf die Hilfe anderer Tiere angewiesen zu sein. Mit Bitterkeit dachte er an seine ehemaligen Träume von Unabhängigkeit. Trotz alledem entfachte die Aussicht auf die Gesellschaft dieser jungen Füchsin jetzt ein klein wenig Begeisterung in ihm.

„Über deine Begleitung würde ich mich wirklich freuen", antwortete er geschickt. „Vielleicht bringen wir uns gegenseitig Glück."

Kaum hatten sie die ersten Gebäude erreicht, da blieb die Füchsin stehen. „Laß uns jetzt nicht im Abfall herumstöbern", schlug sie vor. „Ich hab' nämlich ein Plätzchen bei einem Bach entdeckt, wo es ganz viele Ratten gibt. Dazu müßten wir aber noch ein gutes Stück weiter in die Stadt hinein. Was hältst du davon?"

Dem Kühnen lief bei der Vorstellung, wieder einmal frisches Fleisch zu bekommen, das Wasser im Maul zusammen. „Geh du voran", sagte er voller Entschlossenheit.

Die Füchsin sah ihn kurz an, um sich zu vergewissern, daß er das auch ernst meinte. Der Kühne leckte sich das Maul. „Also gut", sagte sie und machte sich auf den Weg.

Der Kühne war begeistert von ihrer Art, so dahinzuschleichen. Leichtfüßig und vollkommen geräuschlos trabte sie voran, und mit traumwandlerischer Sicherheit hielt sie sich immer im Dunkeln verborgen. Und wenn es einmal galt, ins Freie zu treten und eine Straße zu überqueren, dann schwebte sie fast wie ein Windhauch zielstrebig und sicher dahin. Der Kühne humpelte ihr hinterdrein, er fühlte sich wie eine Kette an ihren schlanken Fesseln, wie jemand, der sie nur aufhielt. Immer wieder blieb sie stehen, damit er nachkommen konnte. Keiner sprach ein Wort, aber in den Augen des Kühnen konnte sie genau lesen, was mit ihm los war. Endlich konnten sie vor sich ein schimmerndes Wasser ausmachen, in dem sich der Mond glitzernd spiegelte. Die Füchsin schien fast vollkommen in die Dunkelheit einzutauchen, wie sie so vorsichtig vorwärts schlich. Der Kühne hinkte in einigem Abstand hinter ihr her und versuchte, so leise wie möglich zu sein.

„Da!" zischte sie ihm zu. „Aber warte mal – das Wasser ist jetzt höher." Prüfend sah sie sich um. „Doch, die Ratten sind immer noch da, aber sie sind jetzt vom Wasser umgeben. Wie auf einer kleinen Insel."

Der Kühne spähte über ihre Flanke. Er erkannte in der Dunkelheit einen ruhig dahinfließenden Bach. Ganz in der Nähe des Ufers befand sich eine pflanzenbewucherte Aufschüttung aus Geröll und Schlamm, und dort flitzten kleine Tiere herum – offenbar war das ihr Zuhause. Manche quietschten sich feindlich an; vielleicht, weil sie sich in die Quere gekommen waren.

„Der Wasserspiegel ist angestiegen", sagte die Füchsin. „Das macht es uns leichter, weil so ihr Fluchtweg abgeschnitten ist."

„Aber schwimmen müssen wir trotzdem?" fragte der Kühne.

„Natürlich. Aber das ist kein Problem, wenn einem die Kälte nichts ausmacht."

„*Ich* kann nicht schwimmen", stieß der Kühne eilig hervor, „ich hab' doch nur drei gesunde Beine."

„Das hab' ich auch nicht von dir erwartet", gab seine Gefährtin zurück. „Ich werde so viel holen, daß es für uns beide reicht." Sie machte eine kleine Bewegung vorwärts, und schon glitt ihr Körper hinein in das eiskalte Wasser. Gerade noch ihr Kopf ragte aus dem Wasser heraus, wie sie so auf ihre Opfer zuschwamm. Wo ihre Schultern eintauchten, liefen kleine Wellen nach hinten. Inzwischen hatten die Ratten sie bemerkt, und auf dem kleinen Eiland war ein fürchterlicher Tumult losgebrochen. Aus dem Quietschen war urplötzlich lautes Gekreische geworden.

All die kleinen Tiere jagten wie wild hin und her. In ihrer übergroßen Angst wußten sie gar nicht, wo sie hin sollten. Und im nächsten Augenblick war die Füchsin schon aus dem Bach heraus und mitten unter ihnen. Sie schnappte mal hierhin, mal dorthin – die Ratten suchten sich in panischer Flucht zu retten. Manche von ihnen stürzten sich ins Wasser, um dem Gemetzel zu entgehen, und versuchten, von ihrer vormals so sicheren kleinen Insel zu entkommen.

Der Kühne rührte sich nicht; seine Schnauze lag unmittelbar am grasbewachsenen Ufer. Keines der blindlings fliehenden Tiere konnte damit rechnen, daß es da noch einen Fuchs gab, der ihre Ankunft am Ufer sehnsüchtig erwartete. Und wie die ersten gerade versuchten, sich an Land in Sicherheit zu bringen, da hatte der Kühne schon zwei geschnappt, bevor überhaupt eine von ihnen begriff, was hier gespielt wurde. Die anderen aber, die noch im Wasser erkannten, was sie erwartete, ließen sich ein wenig bachabwärts treiben und entgingen so dem sicheren Tod.

Die Füchsin hatte mittlerweile begonnen, ihre Beute an Land zu bringen. Und bald besahen sie und der Kühne sich das Ergebnis ihres nächtlichen Unternehmens.

„Du bist ein listiger Jäger“, stellte der Kühne hochzufrieden fest.

„Du aber auch“, beeilte sie sich zu antworten. „Jetzt haben wir wirklich mehr als genug.“

„So leicht und lautlos wie eine Feder“, sagte er leise vor sich hin. „Und so werde ich dich auch nennen.“

„Feder? Dann brauche ich aber auch einen Namen für dich.“

„Man nennt mich den Kühnen“, sagte er, „und kühn war ich auch. Ich wollte, du hättest mich früher gekannt.“

„Ich auch“, sagte Feder. „Also, Kühner, auf geht's, ich hab' Hunger.“

Jeder nahm sich soviel er wollte, und dann zogen sie sich

an ein dunkles, abgelegenes Plätzchen zurück, wo sie nicht fürchten mußten, gestört zu werden.

„Morgen holen wir uns den Rest“, sagte der Kühne, „bis dahin müssen wir unsere Beute verstecken.“

Das taten sie und bedeckten sie außerdem noch mit Erde und ein paar Zweigen. Eine Ratte aber hatte der Kühne beiseite gelegt.

„Hast du noch nicht genug gehabt?“ fragte ihn Feder überrascht.

„Das ist nicht für mich“, erklärte er ihr.

„Für wen dann?“

„Für Räuber, die Krähe.“

„Für eine *Krähe*?“ fragte sie gedehnt. „Das ist aber komisch.“

„Nein, das ist nicht komisch“, sagte der Kühne geduldig. „Wir haben ein Abkommen miteinander. Sie bringt mir immer etwas zu fressen mit – und ich ihr. Sie hat mich schon mehr als einmal vor dem Verhungern bewahrt.“

„Also, das ist schon eigenartig“, bemerkte Feder ein wenig verwirrt. „Ich bin doch nicht auf Rattenjagd gegangen, damit es einem Vogel gutgeht.“

„Dann ist das eben eine von den Ratten, die *ich* gefangen habe“, erklärte der Kühne bestimmt.

„Natürlich.“ Sie sah ihn streng an. „Aber diese komische Vereinbarung kannst du ab sofort beenden. Auf so eine Verbündete bist du nämlich nicht mehr angewiesen.“

Der Kühne sagte nichts dazu. Er war nicht darauf vorbereitet, diese Angelegenheit jetzt zu besprechen. Räuber war seine Freundin, und er hatte nicht vor, sie im Stich zu lassen. Anscheinend war Feder ein bißchen eifersüchtig.

Auf ihrem Heimweg kamen sie schließlich an eine Stelle, wo sie in verschiedene Richtungen weiter mußten.

„Wo schläfst du?“ wollte Feder wissen.

Der Kühne beschrieb es ihr. „Es ist vollkommen sicher dort“, fügte er hinzu. „Und du?“

„Ich habe einen Bau“, antwortete sie. „Dort wärst du bestimmt noch sicherer.“

„Ich bin dir sehr dankbar, Feder“, sagte er. „Aber heute muß ich zu meinem bisherigen Versteck zurück. Räuber wird bei Tagesanbruch nach ihrem Futtermitbringsel suchen.“

„Wie du willst“, sagte sie knapp. „Ich werde morgen abend wieder am Bach sein.“

„Ich auch“, sagte der Kühne.

13

Alt vor der Zeit

Räuber war freudig überrascht über das Geschenk des Kühnen. Vor lauter Begeisterung krächzte sie ein kleines Lied vor sich hin. „Es geht aufwärts, mein junger Freund“, sagte sie dann. „Du bist wieder ein Jäger!“

Der Kühne mußte das allerdings richtigstellen. „Man hat mir geholfen“, sagte er.

„Oha! Vielleicht eine ganz bestimmte junge ...“

„Ja, ja“, fiel ihr der Kühne gutgelaunt ins Wort. „Eine junge Füchsin. Ab morgen wirst du mich hier nicht mehr finden. Sie hat einen eigenen Bau – mit Platz für mich.“

„Also, das sind ja wirklich gute Nachrichten“, bemerkte Räuber. „Äh ... ich nehme an, du wirst hier in der Gegend bleiben, oder? Ich bleibe jedenfalls bis zum Frühling.“

„Ja, bestimmt. Hier in der Gegend", bestätigte der Kühne. „Ab jetzt werde ich dir deinen Anteil an der Beute unter die Ligusterhecke legen."

„Nichts da!" rief die Krähe. „Mach dir um mich keine Sorgen. *Ich* komm' schon zurecht. Du wirst dich jetzt um andere Dinge kümmern müssen."

„Also gut, wenn du mich treffen willst oder mich für irgend etwas brauchst", sagte der Kühne, „dann lege mir eine Nachricht unter die Hecke. Verstehst du?"

„Natürlich, mein Freund. Und du wirst es genauso machen?"

„Ganz bestimmt werde ich das."

„Gut. Dann ist das geklärt", sagte Räuber, „und dazu noch sehr freundschaftlich. Jetzt aber zu der Ratte hier."

Am nächsten Abend gruben der Kühne und Feder ihren Futtervorrat am Bach wieder aus und genossen dann ihre zweite gemeinsame Mahlzeit. Diesmal verdrückte das Fuchspaar den ganzen Rest der Beute, denn der Kühne zweigte nichts für die Krähe ab.

Feder hatte diese Tatsache sehr wohl bemerkt; sie wußte auch, was das zu bedeuten hatte.

„Kommst du heute mit zu meinem Bau?" fragte sie ihren Gefährten.

„Ja, das werde ich", antwortete der Kühne ein wenig zaghaft.

„Du wirst es dort viel bequemer finden als das Schlafen unter freiem Himmel – und wärmer ist es auch", sagte sie.

Gemeinsam gingen sie zum Bachufer, um etwas von dem dunkel dahinfließenden Wasser zu trinken. Auf der Ratteninsel rührte sich nichts. Anscheinend hatten sich die Ratten, die den gierigen Fuchsmäulern entkommen waren, von diesem Ort davongemacht. Feder führte den Kühnen fort vom Bach und dann über verschiedene Schleichwege auf die andere Seite der Stadt. Sie gelangten an einen großen, von einer alten Steinmauer umgebenen Friedhof. Da tauchte plötzlich ein Problem auf. Feders Bau lag nämlich innerhalb der Einfriedung, und normalerweise sprang sie einfach an einer niedrigen Stelle über die Mauer, um dahin zu gelangen.

„Es gibt doch noch einen anderen Weg?“ fragte der Kühne hoffnungsvoll.

„Ich glaube nicht. Ich hab’ vollkommen vergessen, daß du ja nicht so gut springen kannst. Oh, Kühner, was bin ich doch für ein dummes Tier! Aber aufgeben müssen wir noch lange nicht.“

„Natürlich nicht. Du weißt doch, daß ich immer noch graben kann.“

„Das ist vielleicht die einzige Möglichkeit; ich werde mich aber erst einmal ein bißchen umsehen.“

Sie ließ ihn zurück, und da lag er nun – nur recht unzureichend versteckt, wie er fand. Das bißchen Efeu bei der Mauer gab nämlich nur einen dürftigen Sichtschutz ab. Nachdem sie rasch eine Runde gedreht hatte, kehrte sie wieder zu ihm zurück.

„Ich glaube, ich hab’ die Lösung“, erklärte Feder. „Komm mit.“

Sie führte ihn an eine Stelle, wo die alte Mauer schon zum Teil eingestürzt war. Rückwärts gewandt scharrte und trat sie so lange an den losen Steinen herum, bis sie in dem Mauerwerk einen kleinen Durchgang freigelegt hatte.

„Da kommt doch höchstens ein Wiesel durch“, maulte der Kühne.

„Hab doch Geduld“, sagte Feder und begann nun mit ihren Vorderpfoten die Steine um das Loch herum zu bearbeiten. Immer wieder bröckelte ein Stück ab, und nach und nach wurde die Öffnung immer größer. Dann legte Feder eine Pause ein; sie keuchte schon vor Anstrengung.

„Jetzt bin ich an der Reihe“, erklärte der Kühne und

scharrte wild mit seinen Krallen an den Steinen, bis das Loch so groß war, daß er seinen Kopf durchstecken konnte. „Nur noch ein bißchen, dann reicht's", sagte er, und wenig später schon konnte er mit dem ganzen Körper durchschlüpfen – sein Fell streifte nur mehr leicht den Rand der Öffnung. Feder folgte ihm. Sie trabte zwischen den Grabsteinen hindurch, mal in die eine Richtung und mal in die andere, bis sie schließlich im hinteren Bereich des Friedhofs – an der windgeschützten Seite der Mauer – am Eingang zu ihrem Bau ankam.

Der Kühne besah ihn sich. „Er liegt schön versteckt", stellte er fest. Dichtes Efeu überwucherte die Erde, und überall lag das abgefallene Laub einer überhängenden Roßkastanie herum. „Wie hast du den bloß entdeckt?" Er folgte ihr ins Innere.

„Ach, so beim Umherschweifen", sagte sie zu ihm.

Im Bau drinnen war es ein paar Grad wärmer als im Freien. Für einen Fuchs bedeutete das sehr viel. Der Kühne streckte sich voller Wohlbehagen. Wie immer in solchen Höhlen roch es dumpfig und feucht, aber noch mehr roch es überall stark nach der Füchsin.

„Bist du müde?" fragte Feder.

„Ja", antwortete der Kühne. „Und zufrieden."

„Das freut mich", sagte sie. „Ich glaube, du hast es sehr schwer gehabt in der letzten Zeit."

„Ja, wirklich", stimmte der Kühne zu. „Ich hatte nicht erwartet, dem Tod schon so früh in die Augen zu sehen."

Feder sinnierte eine Weile vor sich hin. „Du mußt wohl schon einige Winter hinter dir haben?" murmelte sie dann schläfrig.

Der Kühne, der schon halb eingeschlafen war, glaubte sich verhört zu haben. „Was hast du gesagt?"

„Oh, ich hab' nur über dein Leben vor deiner Verwundung nachgedacht", sagte sie. „Ob du während der Jahre weit herumgekommen bist."

Jetzt erhob sich der Kühne. „Du irrst dich“, sagte er. „Das ist gerade mein erster Winter.“ Er war sehr aufgebracht.

Feder starrte ihn mit offenem Maul an. Sie war völlig verblüfft. „Aber... aber“, stammelte sie. „Ist das wirklich wahr? Ich bin...“

„Natürlich ist das wahr“, platzte es aus dem Kühnen heraus. „Im letzten Frühjahr hab’ ich zum erstenmal meine Augen aufgemacht.“

„Du mußt mir verzeihen“, sagte Feder schließlich. „Ich hatte ja keine Ahung. Du wirkst so... Aber dann bist du ja noch ziemlich jung. Ich jedenfalls bin ein Jahr älter!“

„Das ist dein *zweiter* Winter?“ fragte der Kühne. Jetzt war er überrascht, obwohl er eigentlich nicht genau wußte, weshalb.

„Ja, genau. Also, ich hab’ gedacht... natürlich, deine Verletzung...“ Sie schwieg verlegen.

„Es war mir nicht bewußt, daß ich schon dermaßen gealtert bin“, sagte der Kühne jetzt verbittert. Er war sehr bestürzt über diese Offenbarung. Was war mit seinem Äußeren geschehen?

„Dann stammst du vielleicht hier aus der Nähe?“ wagte Feder zu fragen.

„Nein, nein. Von ganz weit her. In der ersten Zeit bin ich viel herumgekommen. Ich wollte unbedingt zur wirklichen Welt gehören...“ Bevor der Kühne noch recht überlegt hatte, waren die Worte schon heraus.

„Die *wirkliche* Welt?“ fragte sie nach. „Was meinst du damit?“

Der Kühne seufzte tief. „Ich bin in einem Naturschutzgebiet auf die Welt gekommen; einem Ort, den man Hirschpark nennt.“

„Eine merkwürdige Entscheidung – ein Naturschutzgebiet zu verlassen, um in der Welt draußen zu leben“, meinte Feder. „Was könnte einen denn besser schützen als so ein sicherer Zufluchtsort?“

„Du hast ja recht, Feder“, gab der Kühne zu. „Ich habe meine Familie verlassen, meinen Bruder und meine Schwestern und noch andere befreundete Tiere. Ich habe den Park aus eigenem freien Willen verlassen, allein, aus purer Abenteuerlust. Ich wollte die Welt außerhalb des Reservats kennenlernen. Aber das einzige, was wirklich passierte, war, daß ich den Menschen in die Quere gekommen bin... und... für meinen Hochmut büßen mußte. Ja, ich sehe es ein! Und jetzt ist es zu spät zum Umkehren. Ich werde nie wieder das starke und gesunde Tier sein, auf das selbst mein Vater so stolz gewesen ist.“

„Ach je! Du Armer“, sagte sie mitfühlend. „Erzähl mir doch von deinem Vater.“

Der Kühne stöhnte. „Was kann man noch von ihm erzählen, was nicht schon jeder wüßte? Anscheinend kennt doch jeder seine Geschichte.“

„Ist er denn so berühmt?“ fragte Feder ungläubig.

„Ja, er ist berühmt – er ist der Fuchs vom Farthing-Wald.“

Feder atmete tief durch. „*Er* ist dein Vater? Oh, Kühner...“ Was gab es mehr zu sagen? Durch die ausgedehnte Reise, die sein Vater auf sich genommen hatte, war er schon zu Lebzeiten unter den Tieren zur Legende geworden. Und sein Sohn hatte all das verschmäht. Er wollte unbedingt die Gefahren und Aufregungen erleben, die sein Vater immer vermieden hatte.

„Ich kann nie wieder dorthin zurückkehren“, sagte der Kühne. „Das mußt du verstehen.“

„Du bist sehr unvernünftig gewesen“, sagte Feder geradeheraus. „Trotzdem – was für ein mutiger Fuchs mußt du doch gewesen sein...“ Die Stimme versagte ihr und sie blickte ihn nun mit leuchtenden Augen an. Und genau in diesem Augenblick kam ihr eine Idee in den Sinn, die bald zu einem unerschütterlichen Entschluß reifen sollte. Aber davon wußte der Kühne natürlich nichts. Feder wollte so lange darüber schweigen, bis die Idee Wirklichkeit werden konnte. Sie legte sich schlafen.

Der Kühne blieb noch wach – trotz seiner Müdigkeit. Ihr Gespräch hatte bei ihm alte Wunden – Trauer und Leid – geöffnet. Er dachte an seine Mutter, die Füchsin; sie war noch anmutiger, noch geschmeidiger und noch geschickter als Feder. Ob sie wohl manchmal an ihn dachte? Ja, bestimmt – sie mußte einfach. Einer Sache war er sich aber ganz sicher: Sie würde ihren kühnen, tapferen Sohn niemals mehr wiedersehen...

14

Erwischt

Daß Feder sich so sehr in seinem Alter getäuscht hatte, weckte im Kühnen den Wunsch, sich selbst einmal genauer zu betrachten. Also schlich er ein paar Tage später, als die Gelegenheit gerade günstig war, von der schon schlafenden jungen Füchsin fort und kroch vorsichtig aus dem Bau heraus ans Tageslicht. Auf dem Friedhof rührte sich nichts. Der Boden war hartgefroren und mit Rauhreif überzogen, aber ansonsten war es ein schöner Tag – sogar die Sonne schien. Der Kühne erreichte das Loch in der Steinmauer und schlüpfte hindurch; dann geradewegs auf den Bach zu. Mit äußerster Vorsicht bewegte er sich auf dem schon vertrauten Schleichweg vorwärts. Auf diesem Ausflug am hellichtem Tag durfte er keinesfalls zu übermütig werden. Aber danach stand ihm sowieso schon seit einiger Zeit nicht mehr der Sinn. Ohne irgendwelche Zwischenfälle kam er schließlich am Bachufer an und spähte aufgeregt ins Wasser. Der Bach floß ganz ruhig dahin, und auf der glatten, von keiner einzigen kleinen Welle gekräuselten Wasseroberfläche erschien ein genaues Spiegelbild seiner selbst. Ganz ruhig saß er da und sah es sich eine Weile lang genau an. Zweifellos war dies nicht das Abbild eines sehr jungen, sondern das eines erwachsenen Fuchses – eines Tieres, das sich sehr abmühen mußte, um sich am Leben zu erhalten. Das Gesicht länglich und recht hager. Über dem Auge verlief eine Narbe bis zu dessen Rand, und darum wirkte dieses Auge so, als wäre es nur halb geöffnet. Das Fell auf Kopf und Körper war nicht etwa leuchtend rot, sondern von einem eher dunkleren Farbton. Das ganze Haarkleid sah wirklich nicht besonders gesund aus. Im Vergleich zu den drei gesunden Beinen wirkte das verletzte irgendwie zusammengeschrumpft und nutzlos, und der dünne Schwanzbüschel hing so schlaff herunter, als ob er sich für sich selbst schämen würde. Aber die Augen des Tieres waren es, die die Geschichte des Kühnen auf das lebhafteste widerspiegelten. In ihrem Ausdruck lagen zugleich Mattheit und Verwirrung, und dazu gesellten sich noch ein Anflug von Niedergeschlagenheit und eine allumfassende Traurigkeit.

Der Kühne setzte sich langsam nieder und dachte nach. Was für ein kümmerlicher Bursche war nur aus ihm geworden! Daß er sich verändert hatte, war ihm schon früher bewußt gewesen, aber erst jetzt hatte er das ganze Ausmaß dieser Veränderung begriffen. Warum gab sich Feder überhaupt mit so einer Kreatur ab? Es gab doch hier in der Gegend bestimmt andere männliche Füchse, die ihr besser gefielen? War es Mitleid? Oder so etwas wie Mutterinstinkt? Er wußte es nicht. Erst wenn er Feder selbst fragen würde, würde er darüber Klarheit gewinnen – und es würde ihm nicht leichtfallen, Feder diese Frage zu stellen. Denn natürlich war er sich gar nicht so sicher, ob er die Antwort überhaupt wissen wollte.

Keine Minute länger hielt er es bei dem alles viel zu offenbar machenden Wasserlauf aus. Auf schnellstem Wege humpelte er nach Hause. Er war noch ein gutes Stück vom Bau entfernt, als er sich urplötzlich irgendwo verstecken mußte. Ein riesiger brauner Hund kam direkt in seine Richtung gelaufen, und er hatte anscheinend keinen menschlichen Begleiter bei sich, der ihn hätte zurückhalten können. Mit angehaltenem Atem und hämmerndem Herzschlag stand der Kühne in einem fast laublosen Gebüsch und hoffte, daß ihn seine Schutzfärbung vor Entdeckung bewahren würde. Der Hund kam ziemlich nahe heran, lief aber vorbei – anscheinend steuerte er ein anderes Ziel an. Als er sicher war, daß der Hund weit genug entfernt war, kroch der Kühne wieder hervor und machte sich schleunigst auf in Richtung Friedhof.

Er näherte sich gerade der Mauer, als ein schreckliches Bellen – furchterregend tief und eher ein Brüllen als ein Bellen – durch die dünne Winterluft tönte. Der Kühne drehte sich rasch um, obwohl er ganz genau wußte, woher dieser schreckliche Lärm stammte. Der große braune Hund hatte bei seinem Herumstreunen vom Kühnen Witterung bekommen und folgte nun mit beunruhigender Geschwindigkeit seiner Spur. Der Kühne stolperte zu dem Loch in der Mauer und krabbelte hindurch. Er hielt nicht an, um sich umzudrehen. Das Bellen nämlich gab ihm ganz genau darüber Auskunft, wie nah sein Verfolger schon war. Zwischen den Grabsteinen hastete er auf den grasbewachsenen Wegen dahin, bis er schließlich den Eingang zu Feders Bau erreichte. Dann drehte er sich noch einmal um und sah den Hund gerade leichtfüßig wie eine Gazelle über die Mauer springen.

Feder, die natürlich aufgewacht war, schrie auf, als der

Kühne beim Hereinstürzen fast auf sie gefallen wäre. „Was ist denn los? Was ist los?“

„Ein Hund“, keuchte der Kühne. „Muß mich verfolgt haben. Ein riesiges Vieh, so groß wie ein Kalb!“

Feder kauerte sich an ihn, und gleich fühlte sich der Kühne doppelt so stark, als er in Wirklichkeit war. „Keine Angst“, beruhigte er sie. „Der kommt niemals hier herein.“

Sie hörten, wie der Hund draußen auf und ab lief. Sogar sein aufgeregtes Hecheln konnten sie hören, als er den Eingang beschnüffelte und an ihm herumscharrte. Dann hob er zu einem fürchterlichen Gebell an, das wohl seiner Enttäuschung über das Entkommen seines Opfers Luft machen sollte. Im Bau drinnen dröhnte das Bellen fast unerträglich laut.

„Was sollen wir nur machen?“ jammerte Feder. „Warum bleibt er denn hier und macht diesen fürchterlichen Lärm? Gibt es denn keinen Mensch, der ihn zurückruft?“

„Ich habe keinen gesehen“, antwortete der Kühne finster. „Aber vielleicht kommt jetzt einer und sieht nach ihm. Beruhige dich, er kann schließlich nicht ewig hierbleiben.“

Mit einemmal hörte das Bellen auf, und statt dessen war nun ein verärgertes Jaulen zu hören. Feders verkrampfter Körper entspannte sich ein wenig. Beruhigend leckte sie der Kühne ein wenig. Schließlich war gar nichts mehr zu hören.

„Wird er jetzt verschwinden?“ fragte sie flüsternd.

„Wahrscheinlich – um seinen Ärger an einem anderen Tier auszulassen“, murmelte der Kühne.

„Hoffentlich kommt er nicht wieder zurück“, sagte sie. „Und – vielen Dank, Kühner, daß du mich so beruhigt hast.“

Der Kühne wurde rot. Vielleicht empfand sie ja doch noch etwas mehr als nur Mitleid für ihn.

„Wo warst du denn?“ fragte Feder plötzlich. „Du bist einfach gegangen, während ich geschlafen habe.“

„Um dir die Wahrheit zu sagen, ich wollte mich einmal selbst sehen“, vertraute er sich ihr an.

„Wie meinst du das?“

„Ich war am Bach – ich wollte mein Spiegelbild anschauen.“

„Ah, jetzt verstehe ich. Und ich glaube auch, daß ich weiß, warum.“

„Wirklich?“

„Es hat etwas damit zu tun, was ich über dein ... äh ... Alter gesagt habe?“

„Stimmt.“

„Ich wollte, ich hätte nichts gesagt. Es tut mir leid, wenn ich dich verletzt habe. Ich hab’ mir nichts dabei gedacht ...“

„Ich weiß. Aber ärgere dich nicht darüber“, sagte der Kühne. „Ich hab’ es schon vergessen.“

„Ich möchte dir niemals weh tun“, sagte Feder sanft.

„Ich dir auch nicht“, flüsterte der Kühne.

Und dann schwiegen sie eine Weile, jeder hatte den Kopf voller Gedanken. Feder sagte zuerst wieder etwas. „Wir müssen sehen, daß du wieder zu Kräften kommst“, sprach sie voller Entschlossenheit das aus, worüber sie gerade nachgedacht hatte. „Von allem, was wir in Zukunft fangen werden, mußt du den größeren Teil bekommen.“

„Aber, ich ...“, wollte er einwenden.

„Das ist schon beschlossene Sache“, sagte sie energisch. „In deinem ganzen Leben hast du eigentlich nie eine richtige Chance gehabt. Jedenfalls hat man dir deine Chancen viel zu schnell genommen. Für dein Alter hast du schon viel zu viel erleiden müssen, und ich ... ich werde es zu meiner Aufgabe machen, daß du wieder gesund wirst.“

„Aber, Feder, ich kann doch nie mehr richtig gesund werden. Mein Bein wird nie mehr richtig heil.“

„Egal, auf jeden Fall wirst du wieder mehr Fleisch auf die Knochen bekommen."

Der Kühne schaute sie ungläubig an. „Ich bin so froh, daß ich dich getroffen habe", sagte er dann.

„Ich kann froh sein", gab sie zurück. Aber sie verriet nicht, warum sie das dachte, und überließ den Kühnen für den Moment seiner glückseligen Unwissenheit.

Und Feder machte ihr Versprechen wahr. Sie achtete immer darauf, daß der Kühne von allem, was sie an Freßbarem finden konnten, das Beste bekam – sogar dann, wenn sie nur ganz wenig gefunden hatten. Ein- oder zweimal ging der Kühne bei der Ligusterhecke vorbei, um nachzusehen, ob Räuber dort gewesen war, aber er konnte keinen Hinweis darauf entdecken.

Eines Tages wurden die beiden Füchse in Feders Bau von einem fürchterlichen Gebell aus dem Schlaf gerissen. Es war wieder der große Hund, der sie schon früher geängstigt hatte.

„Er ist uns anscheinend immer noch auf der Spur", bemerkte der Kühne finster. „Wir müssen noch besser aufpassen, wenn wir draußen unterwegs sind."

„Ist er denn immer hier in der Nähe?" fragte Feder erschrocken. „Ich weiß wirklich nicht, hinter was der her ist."

„Unser Geruch hat auf die meisten Hunde eine bestimmte Wirkung", sagte der Kühne. „Wenn sie einen Fuchs riechen, werden sie ganz aufgeregt." Er vermied es, ihre Frage genauer zu beantworten.

Wie schon beim letztenmal machte sich der Hund wieder davon, nachdem er lange genug am Eingang zu ihrem Bau herumgeschnüffelt hatte. Und an diesem Abend gaben der Kühne und Feder auf ihrem Streifzug noch besser acht. Es kam aber zu keinen unangenehmen Zwischenfällen. Ganz im Gegenteil, sie hatten sogar etwas Glück. In einem Garten stießen sie auf eine Mülltonne, in die man ein ganzes gekochtes Huhn geworfen hatte. Das Fleisch roch schon leicht ranzig, und das war auch der Grund, warum es von den Menschen verschmäht worden war. Den Füchsen schmeckte es aber gerade deshalb besonders gut. Nachdem sie das Huhn verschlungen hatten, leckten sie sich die Schnauzen, und Feder sagte: „Mein Plan funktioniert schon. Du bist tatsächlich ein bißchen rundlicher geworden."

„Wirklich?" fragte er überrascht. „Ich fühl' mich gar nicht anders als vorher."

„Fühlst du dich denn nicht ein bißchen kräftiger?" fragte sie. „Du siehst nämlich kräftiger aus!"

Der Kühne fühlte sich geschmeichelt. „Also, ich ...", begann er. „Ja", fuhr er schließlich fort, „das ist eigentlich nicht Kraft, sondern ... äh ... vielleicht glaube ich jetzt wieder mehr an mich. Und das ist sicher dein Verdienst, Feder."

„Vielleicht ein bißchen", sagte sie. „Und wenn, wäre ich sehr froh. Schließlich wollte ich von Anfang an, daß du dich besser fühlst."

Die Tage vergingen, und tatsächlich nahm der Kühne immer mehr an Gewicht zu. Sogar sein verletztes Bein machte ihm nicht mehr soviel zu schaffen. Sein Appetit nahm zu, das Gehen fiel ihm leichter, und – was das wichtigste war – er machte sich jetzt andere Gedanken über seine Zukunft. Er freute sich auf das Ende des Winters, wenn sie leichter etwas zu fressen fänden und er und Feder (er bezog Feder jetzt immer schon in seine Überlegungen mit ein) endlich die Stadt verlassen und wieder in die freie Natur zurückkehren könnten. Sein Leben schien wieder einen Sinn bekommen zu haben. In diesem ungewohnten Gefühl der Zuversicht beschloß er, nach seiner Freundin Räuber zu sehen, um zu erfahren, wie es ihr ginge.

Am nächsten Morgen machte sich der Kühne gleich bei

Tagesanbruch auf den Weg, nachdem er sich zuvor noch vergewissert hatte, daß die Luft rein war. Kein anderes Tier schien schon so früh wach zu sein. Kein Vogel sang, nirgendwo zwischen Laub und Gebüsch war das Rascheln eines Kleintieres zu hören. Nur der Kühne war in der Eiseskälte unterwegs. Er klapperte alle Stellen ab, an denen sich Räuber öfters aufhielt, und gelangte schließlich zu der Ligusterhecke, ohne von ihr etwas gesehen oder gehört zu haben. Dort hinterließ er eine Nachricht in Form eines kleinen Happens, damit die Krähe wußte, daß er da gewesen war.

Auf dem Weg zurück zu Feder fand er einen altbackenen Laib Brot, den man als Vogelfutter ausgelegt hatte. Da er keiner war, der etwas Freßbares ausschlug – insbesondere in Zeiten des Mangels –, machte er sich gleich über das Brot her. Das lag ihm dann schwer im Magen, und so ging es nicht mehr ganz so schnell zurück zum Friedhof. Einmal glaubte er, in der Ferne ein dumpfes Bellen zu hören, aber da er schon fast zu Hause war, beachtete er es nicht weiter. Ohne viel zu denken, lief er schnurstracks auf das Loch zu, das er und Feder in die Friedhofsmauer gestoßen hatten. Für einen Augenblick schien er die Orientierung verloren zu haben und mußte ein Stück an der Mauer entlanglaufen, um nach den herausgebrochenen Steinen unter dem Loch zu suchen. Dann blieb er stehen und schaute sich verwundert um – er konnte sie nirgends entdecken. Langsam wurde er unruhig. Der Tag war mittlerweile schon einige Stunden alt, und während seines Ausflugs war die Mauer offenbar von Menschenhand notdürftig repariert worden.

Wie der Kühne sich noch die Mauer besah und der furchtbare Gedanke in ihm hochstieg, daß er nun nicht mehr auf die andere Seite gelangen konnte, hörte er wieder dieses Bellen – diesmal war es aber nicht mehr so weit entfernt. Der Fuchs wußte sofort, von welchem Tier diese

Laute herrührten. In fieberhafter Eile hastete er nun wieder an der Mauer entlang auf der vergeblichen Suche nach ein paar losen Steinen, die er hätte herausdrücken können, um sich einen Durchschlupf zu schaffen. Aber nirgendwo schimmerte auch nur ein bißchen Licht durch das Mauerwerk.

Der riesige Hund kam in großen Sätzen heran; er hatte den ihm wohlbekannten Geruch schon längst in der Nase. Der Kühne hörte, wie er näher kam, und begann wie wahnsinnig an der Mauer zu scharren, um sich doch noch einen Durchschlupf zu schaffen. Wunderbarerweise lokkerten sich tatsächlich zwei große Steine und fielen nach innen in den Friedhof. Durch das so entstandene Loch paßte schon der Kopf des Kühnen hindurch. Nun stieß und trat er wild mit seinen drei gesunden Beinen gegen die Mauer. Ganz langsam wurde das Loch größer, aber die Sekunden rannen nur so dahin. Und schließlich war es zu spät. Gerade erst sein Kopf und sein Nacken paßten durch das neue Loch, da kam der Hund schon mit triumphierendem Gebell angeschossen. Der Kühne wollte nun wieder aus dem Loch herausschlüpfen, aber nun war er zwischen den unbeweglichen Steinen eingeklemmt. So war seine hintere Hälfte schutzlos einem Angriff preisgegeben, während er im Friedhof – nur ein paar Meter entfernt – den rettenden Eingang zum Bau schon sehen konnte. Der hätte aber genausogut ein paar Kilometer weit entfernt sein können. Er konnte sich nicht rühren, und jeden Moment erwartete er, daß die gewaltigen Fangzähne seines Verfolgers in seinen hilflosen Körper schlagen würden.

15

Rollo, die Dogge

Räuber hatte einen gemütlichen Vormittag verbracht. Es hatte ihr Spaß gemacht, ein paar Runden in der eisigen Luft zu drehen, und ab und zu war sie gelandet, um in ihrer so typischen Art über die steinhart gefrorene Erde zu trippeln und nach Würmern zu suchen, denen der Frost nichts ausmachte. Dabei strengte sie sich nicht besonders an, denn sie hatte keinen besonders großen Hunger. Aas gab es in der kältesten Zeit des Winters mehr als genug; man mußte nur wissen, wo man es finden konnte. Und so war es eher Zufall, daß sie bei der Ligusterhecke vorbeischaute. Sie hatte schon seit ein paar Tagen nicht mehr an den Kühnen gedacht; schließlich war sie überzeugt davon, daß sich ihre Wege nicht mehr kreuzen würden – nun, da der junge Fuchs eine Gefährtin gefunden hatte (denn das stand für Räuber zweifelsfrei fest). Aber irgendwie tauchte in ihren Gedanken plötzlich ein Bild auf: der Kühne, wie er mühselig über ein Feld humpelte. Und deshalb flog der Vogel zu der Hecke und fand dort natürlich das Häppchen, das der Kühne dort am frühen Morgen hinterlegt hatte. Es war eigentlich nur ein Stück Haut und Knochen, an dem sich kaum mehr etwas Freßbares befand. Aber Räuber war klar, daß der Fuchs dort keinen Leckerbissen hinlegen würde, um sie zu benachrichtigen. Jetzt mußte sie sich also aufmachen und ihren Freund suchen.

Sie hatte eine ungefähre Vorstellung davon, wo der Bau der Füchsin liegen mußte. Mit einigen Flügelschlägen erhob sie sich in die Lüfte und schlug gleich eine ganz bestimmte Richtung ein. In der Ferne hörte sie das Hundegebell, und irgendwie (ohne recht zu wissen, warum) brachte sie diese Laute in Verbindung mit der Nachricht des Kühnen. Also flog sie diesem Bellen nach, entdeckte schließlich das dahinjagende riesige Tier und folgte ihm bis zum Friedhof.

Als sie erkannte, in welch mißlicher Lage sich der Kühne befand, wäre Räuber fast das Herz stehengeblieben. Es sah ganz so aus, als ob sich ihr junger Freund selbst eine Falle gestellt hätte. Was konnte *sie* jetzt nur tun, um eine Katastrophe zu verhindern? Der Hund konnte ihn schließlich mit nur einem Biß außer Gefecht setzen. Aber vielleicht konnte sie dieses Vorhaben ein wenig verzögern. Also ging sie tiefer und beobachtete, wie der Hund gerade dazu ansetzte, über die Mauer zu springen. Räuber vermutete, daß er also den Kühnen von vorn angreifen wollte. Und als der Hund über die Mauer setzte, fing der Kühne in seinem steinernen Gefängnis verzeifelt an zu knurren. Der Hund aber machte keinen Versuch, nach dem Fuchs zu schnappen, sondern sprang mit ohrenbetäubendem Gebell auf dem Friedhof herum. Räuber stürzte sich hinunter auf das übergroße Tier und versuchte mutig, es mit seinem

Schnabel anzugreifen, um es abzulenken. Aber natürlich beachtete sie der Hund gerade nur soviel, als ob sie eine Mücke gewesen wäre.

Der Lärm hatte mittlerweile Feder aufgeweckt, die gleich bemerkte, daß ihr Gefährte nicht mehr da war. Da sie befürchtete, daß er sich in Gefahr befand, kroch sie vorsichtig zum Eingang des Baus und sah nach draußen. Sie begriff sofort, was dort vor sich ging.

Der Kühne sah sie herauskriechen. „Bleib weg, Feder!“ rief er laut. „Geh wieder zurück! Geh zurück!“

Aber Feder machte nicht kehrt. Sie wollte nicht tatenlos zusehen, was mit ihrem hilflosen Gefährten geschehen würde.

„Räuber, mach, daß sie wieder zurückgeht“, flehte der Kühne. „In ihrem Bau ist sie doch in Sicherheit.“

Räuber flog augenblicklich zu der Füchsin hin. Plötzlich hörte der Hund mit seinem Radau auf und stand ganz still da. Mit Grabesstimme sagte er dann: „Was soll denn die ganze Aufregung? Du hast doch hoffentlich keine Angst vor mir?“

Dem Kühnen fiel die Kinnlade nach unten. Er war sprachlos.

„Ich möchte dich doch bloß kennenlernen“, fuhr der Hund fort. „Ich wollte dich schon mal ansprechen, aber da war ich zu langsam, und dann bist du nicht mehr aus deinem Bau herausgekommen. Ich führe nämlich ein sehr einsames Leben und habe überhaupt keine Freunde – im Gegensatz zu dir: Du hast bestimmt eine Unmenge Freunde.“

Der Kühne konnte kaum glauben, was er da hörte. Es war einfach zu unsinnig. Dieses riesige, kraftvolle Tier – kräftiger als ein Mensch – suchte seine Freundschaft. Aber selbst wenn es so gewesen wäre – was erwartete es denn von ihm?

„Ich verstehe nicht“, stotterte er. „Wie kann ich dir

denn helfen?" Er bemerkte, daß es Räuber gelungen war, Feder daran zu hindern, näher zu kommen, und daß der Vogel gerade wieder zu einem Sturzflugangriff auf den vermeintlichen Feind ansetzte.

Der Hund erklärte: „Kann ich dich nicht einfach ab und zu treffen und mich mit dir unterhalten? Vielleicht..."

Er unterbrach sich, als Räuber mutig angeflogen kam, und hob nur kurz eine seiner gewaltigen Pfoten, um sich von dem lästigen Leichtgewicht zu befreien. Der Kühne konnte es nicht mehr verhindern. Eigentlich wollte der Hund Räuber nur einen schwachen Stoß als Warnung verpassen, aber der Schlag dieses mächtigen Tieres traf die arme Krähe wie ein Vorschlaghammer. Und im nächsten Augenblick schon stürzte sie kopfüber zu Boden.

„Räuber! Räuber!" schrie der Kühne verzweifelt. „Schau nur, was du getan hast, du Rohling!" brüllte er den ahnungslosen Hund an. „Du hast sie umgebracht!"

Jetzt kam Feder herbeigerannt. Bestürzt schaute der Hund die beiden Füchse an. „Das kann doch nicht sein", jammerte er. „Ich wollte sie doch nur antippen."

„Du weißt ja nicht mal, wieviel Kraft du hast!" fuhr ihn der Kühne an. „Und sie hat bloß versucht, mir zu helfen!"

Völlig verwirrt schaute der Hund von einem Tier zum anderen und dann auf den kleinen schwarzen Körper, der regungslos auf dem harten Boden lag. Der Kühne hatte den Eindruck, daß dieses große Tier nicht gerade ein Schnelldenker war.

„Tu doch irgendwas!" schrie er den Hund an. „Hilf mir hier raus!"

Während Feder sich über den Vogelkörper beugte und vorsichtig das kohlschwarze Gefieder beschnüffelte, begann der Hund mit seinen riesigen Pfoten die Steinmauer zu bearbeiten. Im Handumdrehen war das Loch so groß, daß der Kühne sich wieder befreien konnte. Gleich lief er zu Räuber hin. Nach ein paar bangen Augenblicken sah er

Feder erleichtert an. „Schau, sie ist nur benommen!“ rief er aus. „Sie rührt sich schon wieder ein bißchen.“

Der Hund näherte sich unbeholfen, aber der Kühne sagte gleich: „Am besten bleibst du ein Stück weiter weg. So was darf nicht noch einmal passieren.“

Feder lächelte, als sie sah, wie sich der Hund gleich folgsam hinsetzte; er sah den Kühnen so an, als würde er unterwürfig auf die nächsten Anordnungen warten – von einem Tier, das gerade ein Viertel seiner eigenen Größe hatte. Vor allem aber war sie stolz auf den Kühnen, der offenbar wieder begann, seinem Namen alle Ehre zu machen.

„Ist ... ist sie wieder in Ordnung?“ fragte der Hund mit zitternder Stimme. „Das hab' ich wirklich nicht gewollt, ehrlich.“

„Ich glaube, sie kommt wieder in Ordnung. Aber sie hat wohl einen ziemlichen Schock abbekommen“, antwortete der Kühne. „Feder, können wir irgend etwas für sie tun?“

„Überhaupt nichts“, sagte sie. „Es ist eine Frage der Zeit. Aber vielleicht können wir etwas dazu tun, sie wiederzubeleben.“

„Wie denn?“

„So ...“ Feder führte es vor, indem sie ihren warmen Atem auf den Vogel hauchte.

„Ich verstehe, wir müssen sie wärmen“, sagte der Kühne und folgte Feders Beispiel. Dann wandte er sich um und sah zu dem Hund hin. „Ich glaube, du kannst auch helfen, mein Freund“, sagte er dann zu ihm.

Der Hund freute sich sehr und kam gleich herbei. Wahre Dampfwolken durchzogen nun die klirrend kalte Luft, da er sofort unermüdlich seinen Atem über den Körper des Vogels blies.

Räuber schlug ihre pechschwarzen Augen auf und erkannte über sich die drei Tiere, die sie gemeinsam und ganz friedlich anhauchten. Sie versuchte aufzustehen.

„Vorsichtig“, sagte der Kühne. „Wie fühlst du dich?“

„Ziemlich kaputt“, antwortete der Vogel. „Was ist denn passiert?“

„Wir haben uns geirrt“, sagte der Kühne. „Dieser riesengroße Kerl da will unser Freund sein.“

„Aber kein Freund von mir“, murrte Räuber und raschelte mit ihren Federn. „Und ich kann nur hoffen, daß niemand sein Feind ist!“

„Er ist ganz zerknirscht wegen dem, was passiert ist“, flüsterte ihr der Kühne zu. „Versuch doch, ihm zu verzeihen.“

Räuber erhob sich schwerfällig und untersuchte ihre Flügel daraufhin, ob vielleicht einer der feinen Knochen verletzt worden war. „Ich habe deine Nachricht gefunden und bin gleich hierhergekommen“, erklärte sie.

Der Kühne mußte erst einen Moment nachdenken. „Oh, ja“, sagte er dann. „Ich verstehe. Eigentlich wollte ich bloß wissen, wie es dir geht.“

„Hervorragend“, meinte daraufhin Räuber. „*Bisher* ging es mir ...“ Sie warf dem Neuling einen durchdringenden Blick zu.

„Ich heiße Rollo“, sagte der Hund ganz unbefangen. „Rollo, die Dogge.“

„So so!“ gab Räuber grollend zurück. „Weißt du, ich glaube, dein Herrchen sollte besser auf dich achtgeben.“

„Ja, das sollte er wirklich“, antwortete Rollo treuherzig. „Bei jedem Wetter läßt er mich draußen im Hof, und dann weiß ich gar nicht, was ich anfangen soll. Er weiß nicht mal, daß ich dann fortlaufe. Ich kann nämlich über den Zaun springen!“ Er schien wirklich besonders stolz auf diese Fähigkeit zu sein.

Feder und der Kühne grinsten sich verstohlen an. Die Dogge schien tatsächlich ein besonders naives Geschöpf zu sein.

„Vielleicht machst du dich besser auf den Heimweg?“

gab der Kühne zu bedenken. „Sonst merkt er doch noch, daß du fortlaufen kannst."

Einen Moment legte sich Bestürzung auf das faltige Gesicht des großen Hundes. „Oh... ja", sagte er dann ohne jeden Nachdruck. Und er machte auch keine Anstalten, aufzubrechen.

„Wir bleiben ja hier in der Nähe", versicherte ihm der Kühne. „Wir leben doch hier, Feder und ich. Und wir können uns ja ein anderes Mal treffen..."

„Ja, danke, klar", sagte Rollo daraufhin und freute sich sehr. „Ich komme bestimmt wieder." Langsam machte er sich auf den Weg, wobei er den Blick von seinen neuen Freunden nicht abwandte.

„Bis zum nächstenmal", rief ihm Feder noch zu.

Rollo bellte freudig und sprang davon. Und als ob er ihnen noch vorführen wollte, wie er normalerweise den Zaun zu Hause überwand, setzte er mit einem forschen Sprung über die Mauer.

„Einfältiges Tier", murmelte Räuber. „Er hätte mich umbringen können."

„Aber er hat es nicht", bemerkte der Kühne. „Und wir sollten die Freundschaft mit ihm pflegen. Ein Tier von seiner Größe könnte eines Tages ein sehr nützlicher Verbündeter sein."

16

Blutsbande

Feder und der Kühne wurden in den folgenden Wochen recht oft von Rollo besucht. Und da er nur tagsüber unterwegs war, bedeutete das immer, daß die beiden Füchse von einem lauten Bellen aus ihrem Schlaf gerissen wurden. So forderte er sie nämlich auf, sich zu ihm zu gesellen. Zwar versuchten sie immer freundlich zu sein, aber nicht jedesmal waren Rollos Besuche willkommen. Besonders dann nicht, wenn sie sich in der vorigen Nacht bei ihrer Nahrungssuche einigermaßen verausgabt hatten.

Der Jahreswechsel kam heran und ging vorüber, ohne daß das Winterwetter bisher sonderlich streng gewesen wäre. Sie konnten immer etwas zu fressen finden; zwar nicht übermäßig viel, aber für den Kühnen und Feder – die sich ja immer gemeinsam auf die Suche machten – reichte es allemal. Ende Januar brach dann die Paarungszeit der Füchse an. In der Zeit, in der sie schon zusammen waren, hatte sich zwischen den beiden ein starkes Zusammengehörigkeitsgefühl entwickelt, und so war diese Erweiterung ihrer Beziehung nur ganz natürlich. Der Kühne wunderte sich allerdings noch von Zeit zu Zeit, daß Feder gerade ihn als Partner erwählt hatte; aber er schob diesen Gedanken, kaum daß er aufgetaucht war, auch immer gleich beiseite.

Als Feder sicher war, daß sie vom Kühnen Junge bekommen würde, entschied sie, daß es nun an der Zeit wäre, den nächsten Teil ihres Vorhabens in Angriff zu nehmen. Der Winter lag schon in seinen letzten Zügen, und darum durfte keine Zeit verloren werden. Sie und der Kühne lagen gerade gemütlich in ihrem Bau, da sagte Feder: „Wir müssen bald von hier aufbrechen."

Der Kühne hob langsam den Kopf und schaute sie im Dunkeln verwirrt an. „Bald?" fragte er. „Noch bevor der Winter vorüber ist?" Er glaubte, daß sie ihre mögliche Rückkehr in die freie Natur gemeint hatte.

„Natürlich bevor der Winter vorüber ist", antwortete Feder. „Wir haben noch eine weite Wanderung vor uns, bevor der Frühling kommt."

„Eine weite Wanderung?" Der Kühne hörte sich jetzt recht durcheinander an. „Wohin denn?"

„Zu einem sicheren Ort, an dem unsere Jungen auf die Welt kommen sollen", erklärte Feder.

„Ist es hier denn nicht sicher?" fragte er. „Hier ist es uns doch ..."

„Nicht sicher genug", unterbrach sie ihn. „Ich will, daß unsere Jungen wie du im Naturschutzgebiet geboren werden."

Der Kühne mußte schlucken. „Im Hirschpark?" fragte er ungläubig.

„Ja, genau", antwortete sie. „Und du wirst uns hinführen."

Der Kühne begriff, daß seine Gefährtin etwas ganz Vernünftiges im Sinn hatte; trotzdem war ihm ein wenig flau im Magen geworden. Lange sagte er nichts. Dann flüsterte er – eigentlich mehr zu sich selbst: „Ich hatte nie vorgehabt, dorthin zurückzukehren."

„Ich weiß, du hast das nie vorgehabt", sagte Feder. „Aber es geht ja nicht nur um dich – wir müssen auch an unsere Jungen denken."

„Ja, ja, ich begreife schon", sagte der Kühne schwerfällig. Plötzlich durchfuhr ihn blitzartig ein Gedanke. War das der Grund, warum sie gerade ihn zu ihrem Partner erwählt hatte? „Du, Feder", sagte er ganz ruhig, „hast du mich deshalb genommen?"

„Weil du weißt, wo das Naturschutzgebiet liegt? Ja, zum Teil", gab sie zu. „Aber dein Stammbaum hat mich noch viel mehr beeindruckt."

Der Kühne ließ seinen Kopf auf die Pfoten sinken. Es kam ihm so vor, als ob ihn ein zentnerschweres Gewicht zu Boden ziehen würde – das Gewicht des Namens von seinem Vater. „Dann wolltest du also nicht um meiner selbst willen mit mir zusammen sein?" fragte er sehr betrübt.

Feder versuchte ihn zu beruhigen. „Natürlich war es um deiner selbst willen", sagte sie. „Du hast schließlich das Blut des Fuchses vom Farthing-Wald in deinen Adern. Ich bin stolz auf dich. Und auf meine Jungen werde ich auch stolz sein."

Sie hätte nichts Verletzenderes sagen können. Der Kühne war am Boden zerstört. Sein Vorhaben war gescheitert. „Tja", sagte er leise, „anscheinend waren alle meine Mühen umsonst."

„Wie meinst du das denn?" fragte sie.

Er erklärte es ihr. „Liebe Feder, hast du denn nicht bemerkt, daß ich mir mein eigenes Leben aufbauen wollte? Mein ganzes junges Leben lang wollte ich aus diesem übergroßen Schatten heraus, den der Ruhm meines Vaters auf mich warf. Ich hab' den Park verlassen, um ganz unabhängig zu sein, um ganz ich selbst zu sein. Und jetzt muß ich erkennen, daß dieser Schatten immer noch auf mir liegt. Ich kann meine Herkunft nicht abschütteln – das ist eben mein Schicksal."

Feder war fassungslos. Sie konnte gar nichts sagen.

„Und jetzt weiß ich auch", fuhr der Kühne verbittert fort, „warum du dich mit so einem kümmerlichen Krüppel – der schon vor seiner Zeit gealtert ist – eingelassen hast, warum du nicht einen gesunden jungen Fuchs genommen hast. Ha! Der einzige Ruhm, den ich habe, ist meine Abstammung!"

„Hör auf! Hör auf!" schrie sie. „Ich halte das nicht mehr aus! Warum bist du bloß so verbittert? Du *hast* dir doch dein eigenes Leben geschaffen. In dem einen Jahr hast du mutiger und mit mehr Verstand gelebt, als sich irgendwer überhaupt vorstellen kann. Dazu braucht man unheimlich viel Tapferkeit!"

„Und dann soll ich wieder angekrochen kommen – mit eingezogenem Schwanz!"

„Du redest gerade so, als ob dein Leben schon vorbei wäre", rief Feder erregt. „In ein paar Monaten wirst du Vater werden. Deine Aufgabe wird es sein, dein Wissen und deine Erfahrung an deine Jungen weiterzugeben: sie zusammen mit mir zu erziehen, genauso, wie dich deine Eltern erzogen haben!"

„Ja, ja, ich weiß, was von mir erwartet wird", sagte der Kühne niedergeschlagen. „Keine Angst, ich führe dich schon in dein Land voller Ruhe und Frieden."

„Wir haben doch eine glückliche Zukunft vor uns", machte ihm Feder Mut.

Der Kühne konnte jedoch ihre Überschwenglichkeit nicht teilen. Ihm kam es so vor, als ob sein Leben nur noch aus Vergangenheit bestehen würde. Schließlich fragte er: „Wann willst du aufbrechen?"

„Sobald du dich ... wir uns“, verbesserte sie sich rasch, „stark genug fühlen.“

Ihr Gefährte hatte ihren Versprecher sehr wohl bemerkt. „Wir müssen zusehen, daß wir noch ein wenig Speck ansetzen, bevor wir uns auf die Reise machen“, sagte er. „Ich glaube, ich weiß, wie wir das anstellen können.“

„Wie denn?“

„Mach dir darüber keine Gedanken und hab Vertrauen zu mir“, sagte der Kühne geheimnisvoll und schwieg. Feder vermutete, daß er schlafen wollte und legte sich nieder. Aber der Kühne dachte gar nicht daran, sich zur Ruhe zu begeben. Und darum war er sehr froh, als plötzlich Rollos gewaltiges Gebell in den Bau hereindröhnte; jetzt hatte er einen Vorwand, um nach draußen gehen zu können.

„Bleib nur liegen“, sagte er zu Feder, die natürlich aufgewacht war. „Ich gehe nach draußen und sehe nach ihm.“

Rollo wedelte wild mit seinem langen Schwanz, als er seinen kleinen Freund aus dem Bau herauskriechen sah. „Heute ist ein schöner Tag, um durch die Gegend zu streifen“, sagte er zu dem Fuchs. „Ich wollte, du würdest mich begleiten.“ Auf diese Weise versuchte er immer, ihn zum Mitkommen zu bewegen.

„Einverstanden“, sagte der Kühne.

Rollo wurde vor Freude ganz ausgelassen und wirbelte begeistert bellend im Kreis herum. Er konnte sein Glück kaum fassen. „Wirklich? Kommst du wirklich mit?“ rief er immer wieder.

„Ja, aber ich möchte nicht herumstreifen“, wandte der Kühne ein. „Zeig mir dein Zuhause.“

„Gern!“ Sofort machte sich der Hund auf und fegte in rasender Geschwindigkeit zwischen den Grabsteinen hindurch; erst bei der Friedhofsmauer blieb er wieder stehen.

Der Kühne kam nach und kroch wie immer durch das Loch in der Mauer, während Rollo mit einem Satz darüber hinwegsetzte.

„Renn nicht so schnell", bat der Kühne. „Mein Bein, weißt du."

„Ich weiß, ich weiß – kein Problem", gab der strahlende Rollo zurück. „Ganz wie du willst." Sie machten sich auf den Weg.

„Ich hab' deine Freundin, die Krähe, gesehen", sagte die Dogge. „Anscheinend geht es ihr gut. Sie hat mir laut zugekrächzt."

„Bist du sicher, daß es Räuber war?" fragte der Kühne.

„Aber ja. Sie hat mich gleich wiedererkannt."

„Ja, das glaube ich, daß sie dich wiedererkennt", sagte der Kühne leicht spöttisch, was dem einfältigen Ungetüm aber gar nicht auffiel.

„Vielleicht kannst du mir helfen, wenn du willst", sagte er dann.

„Dir helfen? Natürlich will ich das", verkündete Rollo. „Du bist doch mein Freund. Was soll ich machen?"

„Eigentlich nicht viel", antwortete der Kühne.

„Gib mir etwas zu fressen – und meiner Gefährtin auch."

„Etwas zu fressen? Was denn?"

„Was frißt du denn?"

„Fleisch, Hundekuchen... äh... also, viel Fleisch eben..."

„Das reicht bestimmt", sagte der Kühne scherzend.

„Du willst mein Fressen haben?"

„Aber nein. Nur das, was du nicht willst. Unser Appetit ist bestimmt viel kleiner als deiner. Aber wir müssen uns ein bißchen aufpäppeln. Wir haben nämlich eine weite Wanderung vor."

Rollo sah ihn bestürzt an. „Habt ihr vielleicht vor, von hier wegzugehen?" fragte er dann.

„Ja. Feder will an einen sicheren Ort, an dem unsere Jungen auf die Welt kommen sollen“, erklärte ihm der Kühne.

„Aber deshalb müßt ihr doch nicht weg von hier“, erhob Rollo Einspruch. Er wollte seine neuen Freunde nicht gleich wieder verlieren. „Eure Jungen wären hier ganz sicher, solange ich da bin. Ich würde auf jeden Fall auf sie aufpassen.“

„Ich bin dir sehr dankbar für dein Angebot“, sagte der Kühne vorsichtig, „aber ich hoffe, daß ich selber stark genug sein werde, um meine Jungen zu beschützen. Außerdem ist deine Hilfe auch gar nicht mehr nötig – Feder hat sich nämlich schon entschieden.“

„Verstehe. Aber wie lange werdet ihr denn brauchen, bis ihr diesen sicheren Ort gefunden habt?“

„Nur solange wir brauchen, dort hinzukommen. Sie hat nämlich auch schon entschieden, wo wir hingehen.“

„Sie scheint sehr entschlossen zu sein.“

„Ja, das ist sie wirklich.“

„Dann sehe ich euch nicht mehr wieder?“

„Es tut mir leid, aber so wird es wohl sein.“

Rollos großes, faltiges Gesicht wurde immer betrübter. „Könnte ich euch vielleicht ein Stück weit begleiten?“ fragte er auf eine so scheue Art, die man bei einem so großen Tier niemals vermutet hätte. Aber das war eben seine Art.

„Ich glaube nicht, daß das möglich sein wird, Rollo“, antwortete der Kühne geduldig. „Wir werden nur nachts unterwegs sein, und – also, wir müssen ganz besonders leise sein.“

Der Hund sagte nichts mehr, bis sie bei dem Garten, in dem er wohnte, ankamen. In dem Garten befand sich ein durch einen niedrigen Drahtzaun abgegrenzter Bereich, in dem eine große hölzerne Hundehütte aufgestellt worden war. Vor der Hundehütte standen ein leerer Freßnapf und eine Schüssel voll Wasser. Durch ein Tor gelangten sie in den Garten, und Rollo sprang gleich mühelos über den Zaun und lief zu seiner Hütte. Aus ihr holte er zwei knochenförmige Hundekuchen heraus, die er am Zaun auf den Boden legte.

„Das ist mein Zuhause", sagte er. „Es ist allerdings gerade kein Fleisch da; ich hab' schon alles aufgefressen." Durch ein Loch im Maschendraht schob er die Hundekuchen mit seiner Schnauze durch. „Versuch mal", schlug er dem Kühnen vor.

Der legte sich nieder, nahm einen der Hundekuchen zwischen seine Vorderpfoten und knabberte mit seinen seitlichen Zähnen daran. „Sehr lecker", erklärte er, nachdem er ihn verspeist hatte. „Ich nehme den anderen für Feder mit. Und wann bekommst du wieder Fleisch?"

„Heute abend", antwortete Rollo.

„Gut", erwiderte der Kühne. „Dann kommen wir also, wenn es dunkel ist?"

„Ja, macht das. Ich freue mich schon."

Dann drehte sich der Kühne um und machte sich langsam auf den Rückweg zum Friedhof. Er hatte es Feder gegenüber zwar noch nicht erwähnt, aber seit dem Tag, als das Loch in der Mauer geflickt worden war und er versucht hatte, ein anderes durch die Mauer zu stoßen, schmerzte ihn sein verletztes Bein wieder sehr. Die Schmerzen waren manchmal – wenn er das Bein zu heftig auf den Boden fallen ließ – so groß, daß er regelrecht zusammenzuckte. Und deshalb fürchtete er diese weite Wanderung sehr; wegen seiner Lahmheit würde sie möglicherweise Wochen dauern. Er hatte sich allerdings vorgenommen, Feder davon nichts zu erzählen.

Mit dem Hundekuchen in der Schnauze kam er bei dem Loch in der Mauer an und kroch hindurch. Feder schlief, und so legte er den Hundekuchen neben sie und machte es sich gemütlich. Gegen Abend wachte die Füchsin auf und fand den Kühnen wieder an ihrer Seite liegen. Sie ließ ihn weiterschlafen, während sie sein Mitbringsel verzehrte.

Schließlich wachte auch der Kühne auf und erzählte seiner Gefährtin von der Übereinkunft, die er mit der Dogge getroffen hatte. Feder beglückwünschte ihn gleich dazu. „Das war eine sehr gute Idee", sagte sie. „Wann erwartet uns Rollo?"

„Heute abend."

Sie verließen ihren Bau, und der Kühne führte Feder zu dem Garten, in dem Rollo wohnte. Schon in einiger Entfernung stieg ihnen der starke Geruch frischen Fleisches in die Nase. Rollo hatte seinen Freßnapf an den Zaun geschoben, ohne selbst auch nur ein bißchen von dem Fleisch gefressen zu haben. Und deshalb hörten der Kühne und Feder ihren Freund auch schon, bevor sie ihn sehen konnten. Denn der leere Magen des riesigen Hundes knurrte sehr.

„Rollo!" rief der Kühne. „Bist du da?"

„Hier bin ich", meldete sich eine tiefe, fast feierliche Stimme.

Jetzt erkannte der Kühne – direkt am Maschendraht – den Freßnapf. „Du hast ja gar nichts gefressen!" rief er erstaunt aus.

„Nein, ich ... ich hab' gedacht, ich warte erst auf euch", erwiderte der Hund. „Es ist geselliger, wenn man zusammen frißt."

„Armer Rollo", bemerkte Feder, als es aus den Tiefen seines Bauches wieder laut rumpelte. „Wie mußt du gelitten haben!"

„Also, das brauche ich ja jetzt nicht mehr, wo ihr da seid", antwortete der und nahm sich gleich einen riesigen Happen.

Feder und der Kühne zogen mit ihren Pfoten einige Fleischstücke durch die Drahtmaschen zu sich herüber, und so ließen es sich alle drei gut schmecken. Rollo war viel zu höflich, um sich mehr zu nehmen als die beiden Füchse zusammen, und er sagte ihnen auch nicht, daß er gut und gern noch einmal die gleiche Portion hätte fressen können. Aber er fragte sie, wann sie denn nun aufbrechen wollten.

„Spätestens an Neumond“, antwortete Feder.

„Ich werde euch vermissen“, sagte daraufhin die Dogge und sah die beiden aus ihren großen Augen traurig an.

Die Füchse wußten nicht, wie sie Rollo hätten ein wenig aufheitern können, und so sagten sie gar nichts zu diesem Thema. Dann unterhielten sie sich noch eine Weile und verabschiedeten sich schließlich voneinander.

„Ich warte morgen abend wieder hier auf euch“, versprach Rollo. „Wieder mit dem vollen Freßnapf.“

„Du brauchst unseretwegen nicht zu hungern“, sagte Feder fürsorglich. „Friß du nur erst mal, soviel du willst.“

„Vielen Dank, Feder“, gab Rollo zurück, „aber dann würde es mir nicht so gut schmecken.“

„Er ist wirklich ein guter Freund“, bemerkte Feder, nachdem sie ihn verlassen hatten. „Wir verdanken ihm eine ganze Menge.“

„Ja, das stimmt“, bestätigte der Kühne, „und es macht mich traurig, wenn ich daran denke, daß wir ihn bald verlassen müssen.“

Aber Feders Entscheidung war unumstößlich. „Was das betrifft, haben wir keine andere Wahl – Blut ist dicker als Wasser.“

17

Zurück in die Natur

Der Tag ihres Aufbruchs kam rascher, als sie erwartet hatten. Eines Tages machte sich der Kühne im Morgengrauen auf, um Räuber zu suchen und ihr von seinen und Feders Plänen zu berichten. Er traf die Krähe zwar nicht an, aber unter der Ligusterhecke entdeckte er eine Nachricht: ein noch so frisches Stück Fleisch, daß der Kühne davon überzeugt war, daß es erst am gleichen Morgen hingelegt worden war, während er gerade woanders nach Räuber gesucht hatte. Was konnte das bedeuten? Nirgends in der näheren Umgebung war die Krähe zu entdekken – was sollte er also tun? Der Kühne beschloß, nach Hause zu gehen und sich mit Feder zu beraten.

Als er sich wieder der Friedhofsmauer näherte, die nun bald nicht mehr sein und Feders Zuhause umschließen sollte, begriff er, was ihm Räubers Nachricht mitteilen wollte. Das Loch, das sein Freund Rollo in die Mauer gestoßen hatte, war wieder zugemauert worden. Wie schon einmal konnte der Kühne also nicht mehr zu seinem Bau gelangen. Er besah sich gerade dieses neue Hindernis, da tönte ein lautes „Krah“ von einem nahegelegenen Baumwipfel zu ihm herüber. In dem kahlen Geäst entdeckte der Kühne den Vogel und kläffte ihm grüßend zu. Räuber kam herabgeflogen.

„Ich glaube, wir brauchen jetzt wieder deinen großen, starken Freund“, sagte sie zu dem Fuchs.

„Nein“, sagte der Kühne zögernd. „Nicht dafür. Mein Durchschlupf ist zugemauert, und damit ist auch mein Schicksal besiegelt.“

„Du sprichst in Rätseln, Kühner“, beschwerte sich Räuber. „Wie meinst du das denn?“

„Oh, ich wollte dich die ganze Zeit über treffen, um dir zu sagen, daß Feder und ich eine lange Reise machen werden“, sagte der Kühne wie beiläufig. „Und jetzt kann ich gleich hinzufügen, daß wir noch heute aufbrechen werden.“

Räuber stellte Fragen über Fragen.

„Wir gehen in den Hirschpark, wo ich geboren wurde“, erzählte ihr der Kühne. „Zum Wohl meiner ungeborenen Jungen kehre ich an den sicheren Ort zurück, dem ich erst letzten Sommer den Rücken gekehrt habe.“

„Aha, ihr wollt eine Familie gründen“, bemerkte Räuber. „Wenn das so ist, verhält sich deine junge Füchsin wirklich sehr umsichtig.“

„Ja, das tut sie, das kann man nicht leugnen“, bestätigte der Kühne. „Allerdings ist mir noch nicht ganz klar, wie ich den weiten Weg überstehen werde.“

„Du siehst aber wieder viel kräftiger aus als noch vor einiger Zeit“, stellte die Krähe fest. „Wenn du es langsam angehen läßt...“

„Richtig, ich habe etwas zugenommen", gab der Kühne zu. „Aber trotzdem wird es eine schrecklich lange Wanderschaft werden – und das auf nur drei gesunden Beinen."

Räuber raschelte mit ihrem Gefieder und schaute nachdenklich drein. Nach einer Weile sagte sie dann: „Wenn ihr unterwegs seid, werde ich euch im Auge behalten. Und wenn ihr einmal Hilfe brauchen solltet..."

„Ich bin dir sehr dankbar dafür", sagte der Kühne gleich. „Ich muß gestehen, daß ich eigentlich gehofft habe, daß du so etwas sagen wirst."

Die beiden trennten sich für einen Augenblick, als sie in der Nähe menschliche Gestalten vorübergehen sahen. Räuber flog zurück auf ihren Baum, und der Kühne versteckte sich unter einem Gebüsch. Als die Luft wieder rein war, bat der Fuchs seine Freundin, Feder über den neuen Stand der Dinge zu informieren. Räuber flog gleich zum Höhleneingang und krächzte ein paarmal laut, bis Feder schließlich herauskam. Sie rannte sofort los, und mit einem Satz war sie über der Mauer.

„Offenbar ist es eine höhere Fügung, daß wir schon jetzt aufbrechen sollen", sagte der Kühne zu ihr.

„Ja, aber wir müssen uns noch verstecken, bis es dunkel geworden ist."

„Wir gehen zu meinem früheren Unterschlupf", entschied der Kühne. „Räuber, könntest du dich einmal umsehen, ob wir unbehelligt dorthin gelangen können?"

Die Krähe flog augenblicklich los und kehrte schon bald wieder zurück. „Wenn ihr sofort aufbrecht, besteht keine Gefahr für euch", verkündete sie.

Der Kühne führte seine Gefährtin zu dem Sportplatz und mitten hinein in das vertraute Ödland mit seinem Gesträuch und Gestrüpp. Mit einem „Ich komme morgen vorbei" verabschiedete sich Räuber von ihnen. Die Stunden bis zum Dunkelwerden vergingen nur langsam. Vergeblich versuchten der Kühne und Feder ein wenig zu schlafen; sie waren zu aufgeregt und mit allen Gedanken schon bei ihrem Vorhaben. Als die frühe Abenddämmerung sich auf das Land zu legen begann, fielen sie endlich in einen unruhigen Halbschlaf.

Erst später am Abend wurden sie von den Schreien eines Eulenpaares, das irgendwo auf einem Baum hockte, geweckt. Mit bedeutungsvollem Blick sahen sie sich an.

„Wir müssen los", sagte Feder.

„Haben wir noch Zeit für eine letzte kleine Stärkung?" fragte der Kühne. Er dachte an Rollo.

Feder wußte das. „Also gut, mein Lieber. Aber wir müssen uns beeilen."

Rollo begrüßte sie so stürmisch wie immer, aber dann teilten ihm die Füchse jene Nachricht mit, die er schon lange gefürchtet hatte. Zum letztenmal schob er schweigend seinen Freßnapf an den Zaun. In gedrückter Stimmung fraßen die drei Tiere. Danach blieb keine Zeit mehr, um zu reden. Eilig, aber sehr herzlich verabschiedeten sie sich voneinander, und dann verschwanden die beiden Füchse in der dunklen Nacht. Keiner von ihnen brachte es fertig, sich umzudrehen, denn sie wußten genau, daß der arme Rollo da an seinem Zaun stand und ihnen mit jenem jammervollen Ausdruck nachstarrte, der auf seinem Gesicht lag, seit er zum erstenmal von ihrem Vorhaben erfahren hatte.

Geräuschlos und zügig begannen sie ihre Reise. Der Kühne versuchte, sein schmerzendes Bein nicht zu beachten, und Feder überließ es natürlich auch ihm, das Tempo zu bestimmen. Als der Morgen dämmerte, hatten sie die Randgebiete der Stadt hinter sich gelassen und waren auf einmal wieder in der freien Natur. Sie verkrochen sich in ein kleines Wäldchen, um sich zur Ruhe zu begeben. Die Geräusche des städtischen Treibens erreichten sie zwar immer noch, aber mittlerweile so gedämpft und fast nur mehr wie ein Flüstern, als sollte dadurch die Friedfertigkeit ihrer neuen Umgebung besonders betont werden. Der Nachtfrost – nicht mehr ganz so streng wie bisher – kroch ihnen ins Fell, und so schmiegten sie sich aneinander, um sich ein wenig zu wärmen. Eine wunderbare Mattigkeit überwältigte sie, und so schliefen sie sehr zufrieden ein.

Am Morgen machte sich Räuber auf, um ihnen zu folgen. Ihr war klar, welche Richtung der Kühne eingeschlagen hatte. Mit zielsicherem Instinkt flog sie in das Wäldchen, das die Freunde verborgen hielt, entdeckte die beiden schlafenden Füchse und verschwand wieder. Auch für den Vogel war jetzt der Aufenthalt unter den Stadtbewohnern zu Ende.

Zum erstenmal seit vielen Tagen mußten sich der Kühne und Feder an diesem Abend wieder selbst etwas zu fressen suchen. Mit dem Februar war nun der letzte Monat eines verhältnismäßig milden Winters angebrochen. Fressen gab es aber nach wie vor nicht allzu reichlich. Notwendigerweise mußte Feder die schwierige Aufgabe der Nahrungsbeschaffung übernehmen. Der Kühne mußte sich auf Hilfsdienste beschränken, und er verrichtete diese voller Dankbarkeit. Die Mühseligkeit der Futtersuche bedeutete aber auch, daß ihnen weniger Zeit blieb, in der sie unterwegs sein konnten. So kamen sie kaum ein Stück voran, bevor der Tag wieder heraufdämmerte. Auf diese Weise – kaum aufgebrochen, mußten sie sich wieder ein Versteck suchen – verging die erste Woche.

Dem Kühnen war ihr langsames Fortkommen gar nicht so unrecht, denn so wurde sein verletztes Bein nicht über Gebühr beansprucht. Feders Laune dagegen verschlechterte sich zusehends.

„Wir müssen ein bißchen schneller voranmachen, Kühner", drängte sie. „Wir haben erst so ein kleines Stück geschafft!"

„Mach dir keine Sorgen", antwortete der Kühne, der

schließlich wußte, wie weit es noch bis zum Naturschutzgebiet war. „Zum Fressen müssen wir uns Zeit nehmen."

„Es ist nicht das Fressen, sondern das Jagen, das uns so viel Zeit kostet", beschied sie ihn. „Wenn wir das doch nur irgendwie abkürzen könnten!"

„Das ist nicht möglich", sagte der Kühne bestimmt. „Es war deine Entscheidung, daß wir uns noch im Winter aufmachen, wenn es kaum etwas zu fressen gibt."

„Ich weiß, ich weiß. Ich glaube, es hilft alles nichts, aber ich mache mir einfach Sorgen."

„Vertrau mir nur – wir werden es schon schaffen."

„Natürlich vertraue ich dir", antwortete Feder sanft. „Und ich würde mich nicht beklagen, wenn *du* es wärst, der alles zu schwierig findet."

In der folgenden Nacht kamen sie bei dem Bauernhof vorbei, wo der Kühne den Zwerghahn getötet hatte. Dieses Mal gab es allerdings für ihn und seine Gefährtin nicht so eine leckere Mahlzeit. Die beiden fingen ein paar Kleintiere und gruben einige Wurzeln aus – sie waren froh, daß sie wenigstens das hatten. Der Kühne führte Feder zu der Hecke, wo man ihn seinerzeit aus seinem Bau ausgegraben hatte. Er erzählte ihr, daß er damals nur um Haaresbreite – nur wegen einer unerklärlichen Laune – dem Tod entkommen war. Dann beschlossen sie, sich den Tag über in das Gebüsch zu legen. Räuber folgte ihnen immer noch, wollte sich aber auch weiterhin nicht zeigen, jedenfalls solange alles gutging.

Jetzt, da das Fuchspaar sich inmitten von Ackerland befand, waren allerlei Abfälle und Überbleibsel recht einfach aufzustöbern gewesen. Darüber hatte sich Feder natürlich gefreut, und so versuchte sie nun, ihr Tempo ein wenig zu erhöhen. Vom Kühnen kam kein Widerspruch; er biß die Zähne zusammen und versuchte mitzuhalten. Und bevor es noch an der Zeit war, sich wieder zu verstecken, war er schon am Ende seiner Kräfte. Aber er ließ sich nichts anmerken. Glücklicherweise kam ihm schließlich das Wetter zu Hilfe.

Es war Mitte Februar, und es schien so, als ob der Winter sich erst jetzt mit aller Macht über das Land ausbreiten wollte. Die Temperatur war immer mehr gesunken, und mittlerweile herrschte eine so grimmige Kälte wie noch nie zuvor in dieser Jahreszeit. Es war, als ob sie bisher zurückgehalten worden wäre, um jetzt – da man sie überhaupt nicht mehr erwartete – um so größere Not zu verursachen. Jede Wasserpfütze war eingefroren, jeder Zweig war mit weißem Rauhreif überzogen. Und dann schneite es auch noch. Es fing in der Nacht an, und so ging es dann den ganzen Tag weiter. Dazu blies noch ein heftiger Wind – es war unmöglich, dagegen anzukommen. Der Kühne und Feder fanden mehr schlecht als recht Schutz in einem Stechpalmengebüsch, wo sie erbärmlich froren, während der Wind über das Land fegte. Hier und da hatten sich hohe Schneeverwehungen gebildet. Es lag nun schon so viel Schnee, daß jeder noch so langbeinige Wanderer – sogar ein Mensch – seine liebe Mühe damit haben mußte.

Solange es schneite und der Wind so tobte, mußte sich Feder damit abfinden, daß sie nicht weiterkonnten. Sie versuchte sogar, den Eingang zu einem Kaninchenbau zu vergrößern, um ihnen einen besseren Unterschlupf zu schaffen. Aber die Erde war inzwischen so hart, daß sie gerade nur eine flache Mulde in den Boden arbeiten konnte, in die sie und der Kühne sich von nun an kauerten; ihre Gesichter bedeckten sie mit ihren Schwänzen. Hinter ihnen türmte sich der Schnee so hoch auf, daß er sie ohne weiteres hätte unter sich begraben können. Als der Schneesturm endlich nachließ, wollte Feder sofort aufbrechen. Der Kühne aber besah sich das Bild, das sich ihnen nun bot, mit mehr als nur mit Widerwillen.

„Es wäre verrückt, jetzt aufzubrechen“, erklärte er.

„Aber wenn wir doch keine andere Möglichkeit haben?"

„Es *gibt* eine andere Möglichkeit", wandte er ein. „Wir suchen uns einen besseren Unterschlupf, und dort bleiben wir, bis sich die Lage gebessert hat."

„Aber denk doch an die Zeit, die wir dadurch verlieren", beschwerte sich Feder.

„Das ist immer noch besser, als unser Leben zu verlieren", gab der Kühne entschlossen zurück, „*und* das Leben unserer Jungen, bevor es überhaupt begonnen hat." Dieser Hinweis änderte Feders Haltung, und sie willigte ein.

„Vielleicht hast du ja recht", gab sie zu. „Aber es darf nicht zu lange dauern."

Der Kühne antwortete nicht. Er wollte die Dinge sich selbst überlassen, solange sie beide den Unbilden des Wetters ausgeliefert waren.

„Ich werde sehen, ob ich irgendwo eine Höhle finde, wo wir besser geschützt sind", schlug Feder vor. Sie ließ den Kühnen in der kleinen Mulde zurück und drang tiefer in den Wald vor. Unter den Bäumen lag der Schnee trotz der kahlen Äste weniger hoch als im freien Gelände. Trotzdem war ihre Suche nicht leicht. Bei jedem Schritt sank sie eine Handbreit tief ein, und so war es auch hier nicht einfach, sich fortzubewegen. Es wurde ihr klar, daß der Kühne mehr Umsicht gezeigt hatte als sie. Unter den Wurzeln einer Eiche entdeckte sie schließlich eine verlassene kleine Höhle. Es lag kaum Schnee in ihrem Eingang, und sie war gerade groß genug, um ihnen beiden Unterschlupf zu gewähren. Also legte sie den Eingang fein säuberlich frei, bevor sie sich auf den Rückweg zu ihrem Gefährten machte.

Und bald schon lagen sie und der Kühne sicher und geborgen in der Höhle. Sie waren froh, daß sie nun nicht mehr so ungeschützt dem garstigen Winterwetter ausgeliefert waren. Und dann dachten sie natürlich ans Fressen. Aber erst schliefen sie einmal.

Als sie aufwachten, war heller Tag. Der Wind hatte zwar nachgelassen, aber es war noch mehr Schnee gefallen, und der Wald lag in gespenstischer Stille. Vor dem fast zugescheiten Höhleneingang lagen ein paar Happen zu fressen. Feder wunderte sich sehr darüber, aber der Kühne wußte sofort, wie die da hingekommen waren.

„Verstehst du denn nicht? Das war Räuber!" rief er aus. „Nicht einmal jetzt hat sie uns vergessen! Und ich wette, sie hat selbst nicht viel gefressen, um uns das da hinlegen zu können. Wo sie jetzt sicher in der gleichen Not ist wie jedes andere Tier auch."

„Wie um alles in der Welt hat sie uns bloß gefunden?" wollte Feder jetzt wissen.

„Keine Frage, daß sie uns die ganze Zeit gefolgt ist. Ihre kleinen schwarzen Augen können weit sehen", antwortete der Kühne fast vergnügt. „Mal schauen, ob ich sie irgendwo entdecken kann."

Der Kühne lief bis zum Waldrand und sah sich um. Die Sonne schien, und es war sehr kalt. Vor ihm breitete sich wie ein strahlend weißes Meer die Landschaft aus. Bäume und Gebüsch hingen voller leuchtender Girlanden – überall funkelte es wie von Diamanten. Er war wie geblendet. In dieser schimmernden Umgebung war jede noch so kleine Bewegung eines Vogels genau auszumachen. Die dunklen kleinen Körper zeichneten sich vor dem strahlenden Weiß besonders gut ab. Der Kühne sah sich nach einem ein wenig größeren, schwarzen Vogel um. Und schließlich entdeckte er ihn. Er machte ein paar eilige Schritte auf ihn zu, während er hoffte, daß es auch wirklich Räuber war, die er da erspäht hatte. Und als ob er nur auf ein Zeichen gewartet hätte, flog der Vogel plötzlich auf und segelte dann direkt seinem Freund entgegen.

„Hallo, du treue Seele!“ rief ihr der Kühne gleich gutgelaunt zu.

„Aha! Du hast also mein kleines Mitbringsel schon gefunden?“ bemerkte Räuber und krächzte vergnügt.

„Du solltest dich jetzt wirklich nicht um unsere Probleme kümmern“, sagte der Kühne nun. „Du wirst doch bestimmt genug damit zu tun haben, dir selbst etwas zu fressen zu besorgen.“

„Das stimmt schon, alles ist plötzlich nicht mehr so einfach“, stimmte ihm Räuber zu. „Und das alles ausgerechnet jetzt, wo wir uns schon auf den Frühling gefreut hatten. Aber ich *will* euch helfen. Wo ihr schon einmal so weit seid, könnt ihr doch nicht mehr zurück! Und außerdem: Wie soll man denn *hier* etwas zu fressen finden?“

„Das ist wirklich nicht leicht“, pflichtete ihr der Kühne bei. „Aber Feder und ich, wir haben im Wald eine Höhle gefunden für die Zeit, in der wir nicht weiterkönnen.“

„Ich werde wieder in die Stadt zurückkehren“, teilte ihm Räuber jetzt mit. „Es ist sicherer, in solchen Zeiten in der Nähe der Menschen zu bleiben. Und sobald ich Glück habe und etwas auftreiben kann, bringe ich euch etwas davon – vielleicht sogar etwas Besseres als diesmal.“

„Nein, Räuber“, sagte der Kühne geradeheraus. „Es ist zu weit. Du kannst nicht unseretwegen ständig hin- und herfliegen. Ich möchte keinem Tier zu so viel Dank verpflichtet sein, und ich weiß, wie Feder darüber denkt.“

„Zu Fuß ist es weit“, gab Räuber zu, „aber für einen Vogel ist es nur halb so schlimm.“

Doch der Kühne änderte seine Meinung nicht. „Bitte, laß uns nicht mehr darüber sprechen“, sagte er ernst. „Feder und ich werden es schon schaffen. Ich bin ja nicht mehr allein, und Feder hat nicht solche Schwierigkeiten wie ich. Ich würde mich auch viel wohler fühlen, wenn ich wüßte, daß du dich nur um dich selbst kümmern mußt.“

„Also gut“, sagte der Vogel. „Ich bestehe nicht darauf.

Außerdem weiß ich ja, wo ich euch finden kann, wenn das Wetter so bleibt. Und wenn es besser wird, kehre ich auch in die freie Natur zurück – der Winter kann ja nicht mehr lange dauern."

„Viel Glück, Räuber", sagte der Kühne.

„Viel Glück auch für euch", gab Räuber zurück. „Ich werde an euch denken."

Der Kühne kehrte zu Feder zurück. Sie teilten die paar Happen unter sich und versuchten dann, noch einmal zu schlafen. Aber die kleinen Bissen hatten sie nun erst recht hungrig gemacht, und an Schlaf war überhaupt nicht mehr zu denken. In unbequemer Stellung lagen sie da und dösten ein wenig, bis es schließlich dunkel wurde.

Dann sagte Feder: „Ich werde mich mal aufmachen und sehen, was es hier zu finden gibt."

„Ich komme mit", sagte der Kühne gleich.

„Nein", antwortete sie. „Allein kann ich mehr erreichen. Es tut mir leid", fuhr sie fort. Sie wußte, wie sehr es den Kühnen treffen mußte. „Aber ich glaube wirklich, daß es so besser ist."

„Du hast natürlich recht", sagte er niedergeschlagen. „Ich würde dich nur aufhalten."

Als sie fort war, kletterte er aus der Höhle heraus. Er scharrte ein wenig im Schnee herum und kaute dann gedankenverloren an einem Büschel Gras. Er fragte sich, welche Aussichten sie hatten, seine Heimat zu erreichen. Feder kam schon bald wieder zurück.

„Wir haben Glück", verkündete sie. „Folge mir."

Der Kühne stolperte ihr hinterher, er war jetzt hellwach. Sie führte ihn zu einer Lichtung, auf der – wie sie entdeckt hatte – viele Knollen von Glockenblumen zu finden waren. Sie hatte schon eine ganze Menge ausgegraben. Der Kühne besah sich die kleinen weißen Knollen ein wenig spöttisch. In solchen Zeiten kam einem also so eine kümmerliche Kost schon wie ein ungeheurer Schatz vor!

Feder hatte schon zu fressen begonnen. Sie sah ihn verärgert an.

„Du brauchst gar nicht die Nase zu rümpfen", sagte sie zu ihm. „Das ist vielleicht das einzige, was uns vor dem Verhungern bewahrt!"

18

Zu ungeduldig

Der Aufenthalt, der ihnen von dem schrecklichen Wetter aufgezwungen wurde, bedeutete für den Kühnen in gewisser Weise auch eine Wohltat. Sein Hunger, wie auch der von Feder, wurde zwar nie richtig gestillt, aber sein verletztes Bein wurde geschont. So gesehen war diese Ruhepause gar nicht so schlecht. Das Bein konnte sich von den Anstrengungen der letzten Tage erholen, und langsam ließen die Schmerzen nach. Fünf Tage vergingen, ohne daß sich das frostige Wetter änderte. Für Feder waren es fünf verlorene Tage. Am sechsten Tag stieg die Temperatur um ein paar Grad. Feder trat aus dem Wald heraus ins offene Gelände, um zu erkunden, wie man auf dem schneebedeckten Boden vorwärts kommen konnte. Aber ihre Hoffnungen wurden enttäuscht. Während der größten Kälte war der Schnee jede Nacht gefroren, und in dieser Zeit hatte er eine feste, begehbare Oberfläche gehabt. Nun aber taute es ein wenig, und daher war der Schnee weicher geworden, so daß es schwieriger war, auf ihm zu gehen. Entmutigt erzählte Feder dem Kühnen, was sie vorgefunden hatte.

„Wir müssen Geduld haben", sagte er zu ihr.

„Das hab' ich schon versucht", antwortete sie, „aber es fällt mir wirklich schwer. Ich habe schon einen Winter erlebt, du aber noch nicht. Es kann nur ganz langsam besser werden. Es braucht Tage, bis der Schnee geschmolzen ist."

„Wir brauchen nicht zu warten, bis er ganz verschwunden ist", sagte der Kühne aufmunternd und versuchte, dabei nicht an sich selbst zu denken. „Vergiß nicht, daß es unser gemeinsames Vorhaben ist. Ich bin verantwortlich dafür, daß du in dieses Reservat gelangst."

„Es tut mir leid", sagte Feder sanft. „Du mußt mir meine Ängstlichkeit verzeihen."

„Aber natürlich", antwortete er. „Und ich verstehe dich auch sehr gut, Feder."

Am nächsten Abend machten sie sich wieder auf den Weg. Auf dem rutschigen Untergrund fiel ihnen das Vorwärtskommen schwer. Schon nach einer kurzen Strekke tat dem Kühnen sein verletztes Bein sehr weh, und als er eine Pause machte, zitterten seine drei gesunden Beine vor Anstrengung. Er fuhr sich mit der Zunge über das Maul, sagte aber nichts. Auch Feder schwieg. Dann gingen sie weiter. Der Kühne wurde immer langsamer, sein Hinken immer stärker. Die wohltuende Wirkung des fünftägigen Aufenthalts war in nur ein paar Stunden wie weggeblasen. Aber verbissen mühte er sich weiter ab; keine Klage kam über seine Lippen. Schließlich kamen sie vor einer kleinen Anhöhe an. Selbst Feder machte es Mühe, hinaufzusteigen, denn bei jedem Schritt rutschte sie in dem Schneematsch wieder ein Stück zurück. Für den Kühnen war es eine reine Qual. Er konnte sein verletztes Bein nicht belasten, und darum mußte er versuchen, mit den drei gesunden Beinen Halt zu bekommen. Durch eine übergroße Willensanstrengung schaffte er es, die Anhöhe zu erklimmen, brach aber dann sofort zusammen.

Feder sah ihn bestürzt an. „Oh, Kühner!“ jammerte sie. „Was habe ich nur gemacht? Wir hätten nicht aufbrechen dürfen! Ich war so dumm!“

Der Kühne versuchte, tapfer dreinzuschauen. „Nur eine ... Verschnaufpause“, keuchte er. Aber Feder wußte es besser.

„Ich hätte dich nicht antreiben dürfen! Ach je! Wir hätten noch warten sollen!“

„Du hast mich nicht angetrieben“, erwiderte der Kühne. „*Ich* habe auch nicht mehr länger warten wollen.“

„Nein, nein, es war mein Fehler“, beharrte sie. „Weil ich zu ängstlich war ...“

„Feder ... hinterher ist man ... immer klüger“, sagte der Kühne leise. Dann versuchte er aufzustehen, taumelte aber und fiel auf die Seite.

Feder war außer sich vor Sorge. Wo sie waren, konnten sie nicht bleiben – wie konnte sie ihm aber weiterhelfen? Sie legte sich neben ihn und streichelte ihn ein wenig mit ihrer Schnauze; dann leckte sie sein Gesicht ab.

„Du mußt dich verstecken“, stieß er mühsam hervor. „Bevor es hell wird ...“

„Ich kann dich doch hier nicht allein lassen – wo man dich so leicht sehen kann“, protestierte sie. „Was dir alles zustoßen könnte!“

„Mir geht's bald wieder besser. Nur eine kleine Weile noch ... dann komm' ich nach“, antwortete er ihr.

Feder leckte sein verletztes Bein ab – genau an der Stelle, wo im Herbst dieses grausame Geschoß seinen Schenkel durchschlagen hatte. Es war eine nutzlose, aber sehr zärtliche Geste, und der Kühne genoß sie. Für eine Weile lagen sie schweigend nebeneinander. Kein Lüftchen regte sich, und es war nicht sehr kalt. Und dann begann es – zuerst kaum wahrnehmbar – zu dämmern. Irgendwo stieß ein Vogel ein paar verschlafene Laute aus, als würde er sich mit sich selbst unterhalten.

„Geh jetzt!" flüsterte der Kühne.

Die Füchsin stand auf und erschauderte. Ihr Fell war voll von schmelzendem Schnee. Sie schüttelte sich und blickte den Kühnen furchtsam an. Dann sah sie sich nach dem nächstgelegenen Versteck um. Am Horizont war inmitten des schon grau gewordenen Schnees ein Dickicht zu erkennen. Sie wußte, daß die Möglichkeiten des Kühnen, dorthin zu gelangen, gleich Null waren. „Es gibt kein Versteck."

„Ich bin vielleicht verletzt und erschöpft, aber ich bin nicht blind", antwortete er ihr ganz ruhig. „Du mußt zu diesem Dickicht dort hinüber – denk an unsere Jungen", fügte er nachdrücklich hinzu.

„Aber ... aber ..."

„Es wird bald hell sein", drängte er sie jetzt. „Feder, du *mußt* gehen."

„Ich komme wieder zurück, wenn es dunkel wird", sagte sie verzweifelt. Sie glaubte wirklich nicht daran, ihn noch einmal lebend wiederzusehen.

Der Kühne sagte: „Ich komme nach, sobald ich kann." Er hörte sich nicht sehr überzeugend an.

Feder ging, nicht ohne sich immer wieder umzudrehen.

Als die Sonne ganz aufgegangen war, stellte sich der Kühne noch einmal mühsam auf seine Beine und schwankte ein paar Schritte vorwärts, während er versuchte, die Entfernung bis hin zu dem Dickicht abzuschätzen. Ihm war klar, daß er nicht einmal ein Viertel davon schaffen könnte. Dann sah er sich in der winterlichen Landschaft um. Glücklicherweise war nirgends ein größeres Tier auszumachen. Wie lange wohl würde er unentdeckt bleiben – auf diesem leicht überschaubaren Hügel? Es war unbedingt notwendig, daß er sich an einen sichereren Platz begab. Aber wohin?

Er rutschte, schlitterte und stolperte die andere Seite des Hügels hinunter. Er war völlig durchnäßt und durchgefroren, sein ganzer Körper war mit Schlamm und Matsch bedeckt. Die bleiche Februarsonne wärmte noch nicht im geringsten. Er hatte Hunger, aber es gab keine Möglichkeit, irgend etwas zu fressen zu finden. Vor allem aber fühlte er sich einsam. Die Tage, da er seine Einsamkeit genossen hatte, schienen jetzt sehr weit zurückzuliegen. Dabei waren seither erst ein paar Monate vergangen! Und inzwischen hatte sich nicht nur sein Äußeres verändert, auch sein Verhalten und seine Wünsche waren nicht mehr dieselben. Und was er sich jetzt am meisten wünschte, war, nicht allein zu sein.

Es gab keine Hoffnung, daß Feder noch während des Tages zu ihm zurückkehren würde – er hatte ja darauf bestanden, daß sie sich verstecken sollte. Er fragte sich, ob das Tauwetter Räuber veranlassen würde, die Stadt wieder zu verlassen. Wie froh wäre er gewesen, wenn jetzt die Krähe angeflogen gekommen wäre. Völlig entmutigt legte er sich am Fuß des Hügels nieder. Er beschloß, erst gar keinen Versuch zu machen, zu dem Dickicht zu gelangen. In seiner jetzigen Lage wäre das sinnlos gewesen. Es war viel vernünftiger, auf Feder zu warten.

Er erwachte aus einem unruhigen Halbschlaf und spürte sofort, daß jemand in der Nähe war. Die Sonne stand schon hoch am Himmel. Er wandte sich um, und vor ihm stand – Räuber!

„Ich wollte dich nicht wecken; du hast so erschöpft ausgesehen“, sagte die Krähe. „Keine Angst, es ist niemand sonst in der Nähe. Aber warum liegst du denn so ungeschützt im Freien?“

Der Schwanz des Kühnen hatte vor lauter Freude, seine

Freundin wiederzusehen, schwach auf und ab geschlagen. Jetzt aber hörte das Schwanzwedeln plötzlich auf. „Das ist schnell erklärt“, antwortete der Kühne. „Ich kann eben nicht mehr weiter.“

„Wie, was meinst du? Was ist denn passiert?“ wollte Räuber wissen.

Der Kühne erzählte es ihr.

„Tja, da wart ihr schlecht beraten, durch diesen Matsch weiterzuwollen!“ sagte Räuber und sah den Fuchs aus ihren schwarzen, perlenförmigen Augen streng an. „Was sind schon ein paar Tage? Ihr hättet mehr Geduld haben müssen, Kühner.“

„Du hast ja recht, und ich für meinen Teil hätte gern noch ein paar Tage länger Pause gemacht. Aber ich wollte es Feder recht machen.“

„Hm! Sie hätte mehr an dich denken sollen!“ sagte Räuber knapp. „Kommt sie zurück?“

„Ja, ja, sie wird versuchen, wieder zu mir zu gelangen. Ich muß ihr doch den Weg zeigen.“

„Ich kenne mich genau aus mit Elternsorgen“, sagte Räuber. „Ich habe in meinem Leben schon so manches Mal mitgeholfen, eine Brut aufzuziehen. Aber ihr beiden hättet vorsichtiger sein müssen. Eile mit Weile! Jetzt müßt ihr hier bleiben, ob ihr wollt oder nicht, bis du wieder gehen kannst.“

„Vielleicht ist es schon zu spät“, sagte der Kühne niedergeschlagen. „Ich weiß nicht, ob ich mich dieses Mal wieder erhole.“

„Unsinn!“ krächzte Räuber. „Jetzt wird es bald wärmer – das weiß ich so sicher, wie ich weiß, daß auf einen Tag eine Nacht folgt. Wir besorgen dir etwas zu fressen – und dann kommst du schon wieder auf die Beine.“

Der Kühne seufzte. „Wie wertvoll doch ein guter Freund ist“, sagte er dankbar. „Und, Räuber, du bist so ein Freund, wie man ihn sich nicht besser wünschen kann.“

Räuber gab daraufhin ein paar wesentlich wohlklingendere Laute von sich, als es sonst so ihre Art war. Sie freute sich riesig, daß man sie so sehr schätzte. Vielleicht wirkte ja jetzt der Zauber des Versprechens der Farthing-Wald-Tiere auch auf *sie,* dieses denkwürdigen Versprechens, anderen Tieren in Not zu helfen?

„Ich hab' dir das da mitgebracht – es ist nicht viel", sagte sie und schob mit ihrem Schnabel einen kleinen schwarzen Gegenstand zum Kühnen hinüber.

„Aas?" fragte der Fuchs.

„Nein. Das ist geklaut", antwortete Räuber. „Hat eine Katze stehenlassen."

Der Kühne schnupperte neugierig an dem Ding herum. Zweifellos war das Fleisch, aber ein Fleisch, wie er es noch nie zuvor gesehen hatte. Wie auch immer, ein leerer Magen braucht keine zweite Einladung für eine Mahlzeit – und schon war das Stückchen verschluckt.

„Du hast doch etwas von *gutem* Fressen gesagt?" fragte der Kühne hintersinnig.

„Stimmt – und man muß es eigentlich nur noch abholen", antwortete die Krähe. „Da du ja nicht gehen kannst, muß ich dich für eine Weile allein lassen. Aber ich bin so schnell zurück, wie es geht. Kannst du dir in der Zwischenzeit mal eine Tarnmöglichkeit für dich überlegen?"

„Soll ich vielleicht mein Fell weiß färben?" antwortete der Kühne fast höhnisch.

Räuber sah ihn nachdenklich an. „Du hast da, ohne es zu wissen, genau die richtige Eingebung gehabt", meinte sie. „Warum gräbst du dich nicht tiefer in den Schnee ein – dann müßte man schon ganz nahe an dich herankommen, um dich zu entdecken."

„Ich glaube, das könnte ich versuchen", sagte der Kühne nicht gerade begeistert. „Aber erfrieren will ich auch nicht gerade."

„Keine Angst, Kühner", erwiderte Räuber. „Die einzige

Gefahr ist, daß es dir ein wenig ungemütlich wird. Also, ich mache mich auf."

Und dann war der Kühne wieder allein. Eine Zeitlang rührte er sich nicht. Dann hörte er irgendwo menschliche Stimmen und befolgte sogleich Räubers Rat. Er scharrte einiges von dem noch festeren, tiefer liegenden Schnee beiseite, bis er sich unter der matschigen Oberfläche eine behelfsmäßige Höhle ausgegraben hatte. Darin konnte er wenigstens einen Teil seines Körpers verbergen, und das ließ ihn sich gleich ein wenig sicherer fühlen. Schließlich entfernten sich die Stimmen wieder, und die Landschaft lag erneut in völliger Stille. Der Kühne versuchte, nicht an sein Elend zu denken. Er lauschte seinem Herzschlag und sagte sich, daß jedes einzelne Pochen ihn näher an den Augenblick heranbrachte, in dem er Feder wiedersehen würde.

Plötzlich aufkommender Lärm ließ sein Herz mit einemmal viel schneller schlagen. Es war das Gelärme jagender Hunde, Hunde, die hinter einer Beute her waren – begeistert, wild und auch blutrünstig. Es war furchtbar anzuhören. Jedes Tier mußte zu Tode erschrecken. Und der Kühne konnte nicht weglaufen! Instinktiv machte er sich ganz klein, wie alle Tiere, die nicht entdeckt werden wollen. Er konnte nichts sehen – nur das, was sich direkt vor ihm befand. Einige Augenblicke später sauste ein Hase durch sein Blickfeld. Er lief im Zickzack, um seine Verfolger abzuschütteln. Zwei große, schlanke Hunde jagten direkt hinter ihm her. Zwischen den starken Fangzähnen hing ihnen die Zunge aus dem aufgerissenen Maul. Ihr gieriges, rasendes Gebell ließ den Kühnen erschaudern. Ärgerliche menschliche Stimmen waren zu hören, die vergeblich versuchten, die Hunde zurückzurufen. Anscheinend wollte man den Hasen entkommen lassen; die Hunde schienen sich aber erst zufriedenzugeben, wenn sie ihn getötet hätten. Und so ging der grausige Wettlauf weiter. Der Hase schlug einen Haken und rannte in die Richtung, wo der Kühne in seinem brüchigen kleinen Iglu lag. Er jagte vorbei, in seinen federnden Sprüngen schien schon ein wenig Mattigkeit zu liegen. Die Hunde waren noch schneller geworden und versuchten einander zu überholen. Mit blutunterlaufenen, funkelnden Augen fegten sie dahin. Dann hallte ein Schrei durch die Luft – ganz hoch und schrill, fast wie von einem Kind. Der Hase war eingeholt worden, und ein scharfes Gebiß hatte grausam in seinen Körper geschlagen.

Der Kühne hatte noch nie solch furchterregende Tiere gesehen. Windhunde waren ihm vollkommen unbekannt. Diese Hunde, die anscheinend auch von ihren Besitzern kaum in den Griff zu bekommen waren, stellten eine dauernde Gefahr für jedes Tier dar. Der Kühne dachte nicht mehr an die Schwierigkeiten mit seinem Bein – er konnte es nicht mehr aushalten, nur so still dazuliegen. Er kroch aus seinem Schneeversteck hervor und hatte nur einen Gedanken: weg von hier, irgendwohin, nur weg von diesen schrecklichen Hunden! Wie blind stolperte er vorwärts. Wenn er da geblieben wäre, wo er war, wäre er in Sicherheit gewesen. Die Männer waren inzwischen fast bei ihren Hunden angelangt. Aber der Windhund, der bei der Jagd auf den Hasen den kürzeren gezogen hatte, bemerkte plötzlich, daß es da noch ein zweites Opfer gab – er hatte den dahinhumpelnden Fuchs entdeckt. Im Nu hatte er sich dem Zugriff seines schon ganz aufgebrachten Herrchens entzogen und schoß auf sein neues Ziel zu.

19

Ein Freund in der Not

Für einen Vogel, insbesondere für einen so großen wie Räuber, stellte der Weg vom Kühnen zurück in die Stadt kein großes Problem dar. Zudem hatten die beiden Füchse – bei ihrer notwendigerweise langsamen Gangart – noch keine große Strecke zurückgelegt gehabt. Also befand sich Räuber schon bald wieder inmitten menschlicher Behausungen und flog schnurstracks hin zu dem anderen Freund des Kühnen.

Rollo lag halb in und halb vor seiner Hundehütte und machte gerade ein Nickerchen, als Räuber auf dem Zaun niederging. Sofort war er wach und sprang auf. „Hast du sie getroffen? Hast du sie getroffen?" fragte er hastig.

„Ja, ja, ich habe sie getroffen", antwortete Räuber.

„Wenigstens den Kühnen habe ich getroffen. Es geht ihm nicht gut. Er braucht etwas zu fressen."

„Natürlich braucht er das", sagte Rollo. „Er kann dort draußen wohl nichts finden, oder?" Sofort lief er zu seinem Freßnapf, um nachzusehen, ob von der vorigen Mahlzeit noch etwas übrig war. Der Freßnapf war aber sauber ausgeleckt. „Hm. Im Moment kann ich wohl nicht helfen", brummte er ein wenig verlegen, „aber heute abend werde ich..."

„Abend ist nicht gut", unterbrach ihn Räuber bestimmt. „Wie soll ich ihn im Dunkeln denn finden? Hast du wirklich *überhaupt* nichts mehr übrig?"

„Also, nein. Weißt du, ich habe nicht erwartet, daß..."

„Verstehe."

„Wart mal. Es könnten doch noch ein oder zwei Hundekuchen da sein..." Rollo steckte seinen großen Kopf in die Hütte, um nachzusehen.

„Hundekuchen?" wiederholte Räuber gedehnt. „Das hat keinen Sinn. Er braucht etwas Handfestes. Dieser gefräßige Hund..." fing sie an vor sich hin zu maulen, besann sich dann aber eines Besseren. Glücklicherweise hatte sie Rollo nicht gehört.

„Ich habe zwei gefunden", verkündete die Dogge sehr zufrieden und brachte zwei jener knochenförmigen Hundekuchen herbei, von denen er schon früher welche unter seinen Freunden ausgeteilt hatte.

„Was er will, ist Fleisch", beschied ihn Räuber ungeduldig. „Und Feder natürlich auch", fügte sie nach kurzem Überlegen hinzu. „Das da wird ihn nicht wieder auf die Beine bringen!"

„Auf die Beine?" fragte Rollo. „Kann er denn nicht gehen?"

„Er hat sich übernommen, als er durch den tiefen Schnee weiterwollte", erklärte Räuber. „Er kann sich nicht einmal verstecken."

Plötzlich bellte Rollo dröhnend los. Die Krähe wäre vor Schreck beinahe vom Zaun gefallen. „Was ist denn jetzt los?“ kreischte sie.

„Mir ist gerade etwas eingefallen“, teilte ihr Rollo aufgeregt mit. „Mein Herrchen hat mir vor einiger Zeit einen großen Knochen gegeben, aber ich hab' ihn noch kaum angerührt.“

„Ja, und wo ist der jetzt?“ wollte Räuber wissen.

„Ich habe ihn vergraben, weißt du, für später.“

„Kannst du ihn wiederfinden?“

„Klar! Nichts einfacher als das“, sagte Rollo. „Also, wollen wir mal sehen; war es jetzt hier bei der Hütte – nein, ich glaube, es war eher dort drüben am Zaun.“ Er ging hinüber zu einem der Zaunpfähle und schnupperte herum. „Ich könnte ihn ganz schnell finden, wenn bloß all dieser Schnee meine Markierungen nicht zugedeckt hätte“, erklärte er dem Vogel. „Aber keine Angst. Ich werde ihn bestimmt gleich finden.“

Räuber starb schon fast vor Ungeduld. „Kannst du dich nicht ein bißchen beeilen?“ krähte sie. „Wir müssen bei ihm sein, bevor es dunkel wird.“

Rollo unterbrach seine Suche und sah auf. „*Wir?*“ fragte er, und seine tiefe Stimme bebte vor Aufregung. „Soll ich auch mitkommen?“

„Also wirklich!“ rief Räuber. „Was glaubst du denn, wie ein Vogel einen Knochen tragen kann, der für einen so großen, dummen Hund wie dich bestimmt ist – in den Krallen vielleicht?“

„Ist schon klar, ist schon klar“, antwortete die Dogge, ohne die Schmähung zu beachten, und suchte so wild weiter nach dem kostbaren Stück, daß Schlamm und Matsch nur so aufspritzten. Räuber war schon ganz bekleckert, bevor sie sich an einen sicheren Platz zurückzog. Sie stieß ein ärgerliches „Krah“ hervor und fing an, ihr Gefieder zu putzen.

Schließlich war der Knochen ausgegraben. Rollo nahm ihn zwischen seine mächtigen Kiefer, rannte zu der Krähe hinüber und legte ihn vor ihr auf den Boden. „Hier!“ rief er. „Was hältst du davon?“

Räuber beäugte das schlammverkrustete Ding argwöhnisch. „Ich halte gar nichts davon“, verkündete sie schließlich. „Den kann man ja wohl kaum als genießbar bezeichnen!“

„Natürlich ist der genießbar“, erwiderte Rollo. „Warum sollte ich ihn denn sonst aufgehoben haben?“ Er fing an, den gröbsten Schmutz abzukratzen. „Hier – da ist noch eine Menge Fleisch dran“, betonte er. „Das ist doch ein schöner, saftiger Knochen!“ Stolz bellte er ein- oder zweimal – ohrenbetäubend laut. Dann packte er den Knochen wieder und war schon mit einem großen Satz am Zaun. Er legte den Knochen kurz ab und rief: „Auf geht's! Worauf wartest du noch?“

Räuber segelte hinunter auf die Erde und versuchte, die zwei großen Hundekuchen mit ihrem Schnabel aufzuheben. Nachdem sie eine Weile erfolglos herumjongliert hatte, ließ sie den einen liegen und flog ohne ein Wort mit dem anderen davon. Und Rollo folgte ihr.

In mächtigen Sätzen durchquerte die Dogge das Gelände, während sie beobachtete, wohin der Vogel flog. Schnee, Schlamm oder Matsch – nichts konnte Rollo aufhalten, überall pflügte er hindurch. Die Krähe flog so niedrig es eben möglich war und achtete darauf, daß der Hund sie immer sehen konnte. So folgten sie der Spur der beiden Füchse.

Der Tag neigte sich schon, als Räuber die Windhunde hörte. Sie stieg ein wenig höher und überblickte jetzt das Gelände, auf dem die Hunde gerade hinter dem Hasen her waren. Sie sah die Männer, und sie sah, wie der Hase voller Panik floh – durch eine Hecke hindurch und hinaus ins offene Land. Die Hunde stießen durch die Hecke und waren wie wild hinter dem Hasen her. Sie sah, wie die Männer vergeblich versuchten, ihre Hunde zurückzurufen, und dann sah sie den kleinen Abhang, wo sie den Kühnen heute zurückgelassen hatte. Und als sie gerade nach einem Lebenszeichen ihres Freundes suchte, wurde sie Zeuge des grausamen Endes jenes Hasen. Dann versuchten die Männer ihre Hunde zu bändigen. Einer war schon angeleint, während der andere noch einmal davonjagte. Räuber sah, wohin es ihn trieb, und vor Schreck riß sie ihren Schnabel weit auf, ohne an den Hundekuchen zu denken. Räuber wandte sich um und krähte verzweifelt zu Rollo hin, der noch ein gutes Stück entfernt war. Rollo kämpfte sich immer noch wacker durch den Schnee, aber er war nach dem weiten Weg nicht mehr so schnell wie zuvor. Der Windhund aber war nicht langsamer geworden und näherte sich rasch dem Kühnen. Räuber war klar, daß Rollo ohne Hilfe von außen zu spät kommen würde. Also flog sie los, um – wie schon einmal – zu versuchen, einen Angreifer von seinem Opfer abzulenken.

Der Kühne war erst ein paar Schritte weit gehumpelt, da dröhnte schon wieder das Hundegebell in seinen Ohren. Verzweifelt wandte er sich um. Aber er war kein Angsthase. Also fletschte er die Zähne und war zum Kampf bereit. Jetzt aber wurde der Angriff des Windhunds erst einmal durch Räubers ungestüme Manöver aufgehalten. Die Krähe flog mitten hinein in das Gesicht des rasend wilden Hundes und zwang ihn so innezuhalten, und ohne Zögern wiederholte sie unverzüglich ihre Attacke. Wütend schnappte der Windhund nach ihr, erwischte sie aber nicht. Inzwischen kam Rollo näher.

Schließlich befreite sich der geschmeidige Windhund von dem Vogel und stürzte sich auf sein Opfer. Der Kühne wich aus, bekam aber doch einen Stoß ab. Er strauchelte und fiel zu Boden. Der Windhund wandte sich um und schlug seine Zähne in das Genick des Fuchses. Der Kühne kläffte wild und versuchte freizukommen. Aber er wurde gnadenlos auf den Boden gedrückt. Immer tiefer drangen die Zähne in sein Genick.

Nur wenige Sekunden später war Rollo zur Stelle. Den großen Knochen, den er die ganze Zeit getreulich im Maul getragen hatte, hatte er längst fallen lassen und vergessen. Mit wütendem Gebell stürzte er sich auf den nichtsahnenden Windhund. Das Gewicht des mächtigen Doggenkörpers nahm diesem alle Luft, so daß er den Kühnen sofort losließ. Dann packten Rollos Kiefer den Windhund am Genick und schüttelten ihn hin und her, als ob er gerade nur ein Frettchen gewesen wäre. Der Hund verdrehte die Augen, und Rollo schleuderte ihn beiseite. Leblos blieb der Windhund liegen.

Der Kühne rührte sich nicht. Dunkles Blut floß aus seiner Wunde in sein Fell und färbte es tiefrot. Rollo und Räuber standen neben ihm und sahen besorgt zu, wie der Kühne schwer keuchte. Aber er hatte wieder einmal Glück gehabt. Die Zähne des Windhunds waren nur in die dicke Hautfalte unterhalb seines Genicks gedrungen, an der ihn schon seine Mutter, die Füchsin, gepackt hatte, als er noch ganz klein gewesen war. Und so war er nicht wirklich ernsthaft verletzt worden. Langsam erholte er sich ein wenig und setzte sich auf. Dann schaute er die schwarze Krähe und die große Dogge an und sagte mit schwacher Stimme: „Meine Freunde."

Die Männer kamen näher und untersuchten ängstlich den regungslos daliegenden Windhund. Sie wagten es nicht, sich Rollo zu nähern – er war ihnen einfach eine Nummer zu groß. Nur durch seine Anwesenheit hielt er sie in Schach. Einer der Männer bückte sich und hob den Hund auf. Er wiegte ihn und redete flüsternd auf ihn ein; der Hund aber lag mehr tot als lebendig in seinen Armen. Schließlich stolperte der Mann mit ihm davon. Sein Gefährte folgte ihm und führte den anderen Windhund, der jetzt ganz ängstlich und folgsam war. Langsam versank die Sonne am Horizont.

Der Kühne senkte vorsichtig seinen Kopf und leckte ein bißchen Schnee auf. Anscheinend tat ihm das gut. Räuber flog auf, um nach dem Hundekuchen zu sehen.

„Das war wirklich ... im letzten Augenblick“, sagte der Kühne und meinte Rollos Eingreifen in den Kampf. „Aber wie bist du so plötzlich hierher gekommen – so weit weg von zu Hause?“

„Wart's ab, ich werde es dir zeigen“, verkündete Rollo dröhnend. Er holte den Knochen und kam mit wedelndem Schwanz zurück. „Es war nämlich kein Fleisch mehr da“, erklärte er, „als deine Freundin, die Krähe, wegen etwas Freßbarem zu mir kam. Das war das Beste, was ich finden konnte.“

Der Kühne beschnüffelte den Knochen ausführlich. „Er riecht sehr vielversprechend“, sagte er dann vergnügt, „aber er sieht aus, als wäre er jahrelang vergraben gewesen.“

„Oh, nein – nicht jahrelang“, verbesserte ihn Rollo einfältig. „Ich glaube, ich habe ihn irgendwann letzte Woche vergraben.“

„Verstehe. Also, der wird mir schmecken“, sagte der Kühne. „Aber ich warte noch, bis Feder auch etwas davon abbekommen kann.“

Jetzt kam Räuber mit dem Hundekuchen herbei. „Friß erst mal das da“, sagte sie. „Du mußt etwas fressen, Kühner.“

„Natürlich“, antwortete der Kühne und fraß mit großem Genuß den trockenen Hundekuchen.

Als es dunkel zu werden begann, suchte sich Räuber einen Schlafplatz. Rollo blieb beim Kühnen. Und Fuchs und Hund warteten beide auf die Rückkehr von Feder. Es war schon zwei Stunden lang dunkel, als sie in der

Dunkelheit ihre Gestalt herankommen sahen. Ihre Erleichterung, den Kühnen fast an derselben Stelle wiederzufinden, wo sie ihn zurückgelassen hatte, schlug gleich um in Erschrecken, als sie seine Wunden sah. Aber er machte kein Aufheben davon.

„Ich bin froh, daß ich noch am Leben bin", sagte er, und dann hörte Rollo entzückt, wie er als der Retter des Kühnen bezeichnet wurde. Die Dogge konnte sich vor Freude gar nicht mehr zurückhalten und tollte wie ein kleines Hündchen um die beiden Füchse herum.

Feder fing an, die Wunden des Kühnen abzulecken; ihr Kosen linderte seine Schmerzen gleich. Dann legten sie sich hin, um sich Rollos Knochen vorzunehmen. Die Dogge selbst war vergessen, jetzt, da sie wieder zusammen waren.

Rollo entfernte sich ein kleines Stück; es machte ihm nichts aus, daß sie ihn vernachlässigten. Er war glücklich, daß er nur in ihrer Nähe sein durfte, und er war ganz sicher, daß er niemals diesen wunderbaren Augenblick vergessen würde, als er rechtzeitig zugegen war, um seinen Freund zu retten. Schließlich streckte er sich im schmelzenden Schnee ganz in der Nähe aus, falls Hilfe erforderlich würde. Er wollte nicht eher nach Hause zurückkehren, bis die Sonne wieder aufgegangen war.

Nach den aufregenden Ereignissen des Tages verlief die Nacht ruhig und friedlich. Der Kühne und Feder waren gut eine Stunde mit dem Knochen beschäftigt; es war ihnen klar, daß sie noch vor dem Morgengrauen weiter mußten. Nach der langen Ruhepause fühlte sich der Kühne erholt genug, um es mit seinem Bein wieder zu versuchen. Er und Feder schüttelten den nassen Schnee einigermaßen aus dem Fell und riefen Rollo. Der war sofort bei ihnen.

„Wir müssen eine Stelle finden, wo wir uns tagsüber verstecken können", erklärte ihm der Kühne. „Ich kann dir gar nicht genug danken für das, was du für mich getan hast ..."

„Ich bleibe bei euch, bis ihr aufbrecht", bot Rollo an. „Und wenn ihr dann Hilfe braucht, bin ich noch da."

„Aber was ist mit deinem Herrchen?" fragte Feder. „Wird er dich nicht vermissen?"

„Nein, nein ... das ist ganz unwahrscheinlich", antwortete Rollo ziemlich betrübt. „Ich gehe zurück, wenn es hell ist."

Also machten sich die drei Tiere durch Matsch und Schlamm auf. Das Bein des Kühnen war wieder steifer geworden, und während der ersten paar Meter zuckte er immer wieder sichtbar zusammen. Dann ließ sich das Bein wieder besser bewegen, und so kamen sie etwas weniger langsam voran. Der verbliebene Schnee schmolz jetzt rasch und gab immer größere Grasflecken frei. Überall bildeten sich Wasserlachen, und da, wo der Boden nicht ganz eben war, flossen kleine Bäche. Das Wasser schien überall zu sein, und schon bald waren die Felle der drei Tiere völlig durchnäßt und mit Schlamm überzogen. Aber es war eine milde Nacht und ganz windstill, so daß ihre Mühen nicht noch größer wurden.

„Wir brauchen ein Versteck, das nicht so weit weg ist wie das Dickicht", keuchte der Kühne. „Außerdem ist das hier nicht unsere Richtung."

„Wie es aussieht, gibt es hier nur altes Farnkraut", sagte Feder.

„Nun, wenn das alles ist, muß das eben genügen", gab der Kühne zurück. „Und wenn wir einen größeren Farnstrauch finden, können wir uns dort gut genug verstecken. Ich kann wirklich nicht mehr weit gehen, fürchte ich."

„Ist schon in Ordnung", versicherte ihm Feder. „Wir müssen an dich denken – zuerst und zuallermeist."

Sie entdeckten ein paar alte Farnpflanzen, deren Blätter fast schon flach auf der Erde lagen. Aber sie waren groß genug, so daß die beiden Füchse darunterkrochen und sich versteckten.

„Wo ist Rollo?“ fragte der Kühne plötzlich.

„Er hat sich wahrscheinlich auf den Heimweg gemacht, nachdem wir jetzt ein Versteck haben“, antwortete ihm seine Gefährtin.

Kurze Zeit später jedoch tauchte der treue Hund wieder auf. Er trug etwas in seinem Maul. Es waren die Überreste des toten Hasen. „Warum soll man das verkommen lassen?“ fragte er, nachdem er sie bei seinen Freunden abgelegt hatte. „Das gibt für jeden von euch eine schöne Mahlzeit.“

„Ganz sicher“, gab ihm Feder recht. „Warum haben wir eigentlich nicht selbst daran gedacht?“

Als der Morgen dämmerte, sagte Rollo seinen Freunden traurig Lebewohl. Und dann sahen sie ihm nach, wie er in seinem schaukelnden Gang davontrottete, nicht ohne sich immer wieder nach ihnen umzudrehen. Unterwegs holte sich die Dogge wieder ihren Knochen und nahm ihn mit, denn es war noch einiges davon übrig und es war nicht seine Art, so ein gutes Stück verkommen zu lassen.

Als er in der Nähe seines Zuhauses ankam, war es schon heller Tag – und dann erlebte er die größte Überraschung seines Lebens. Sein Herrchen, der inzwischen das Verschwinden seines Hundes bemerkt hatte, suchte in großer Sorge die ganze Umgebung nach ihm ab. Als er Rollo herankommen sah, war er so erleichtert, daß er gleich zu ihm hin rannte und ihn so überschwenglich begrüßte, wie er es noch nie zuvor getan hatte. Der erstaunte Hund ließ seinen Knochen fallen, sprang umher – wobei er sein lachendes Herrchen über und über mit Schlamm bespritzte – und bellte vor Freude ungeheuer laut. Dann setzte er über seinen Zaun, während sein Herrchen alles vorbereitete, um ihn gründlich abzuschrubben. Und dann war der

Fuchs an der Reihe, vergessen zu werden. Denn Mensch und Hund erneuerten jetzt ihre Freundschaft auf eine Weise, die sie spüren ließ, daß sie diese Freundschaft nicht mehr verlieren konnten.

20

Die Trennung

Von nun an waren der Kühne und Feder jede Nacht unterwegs. Nachdem der letzte Schnee geschmolzen war, wurde es einfacher, etwas zu fressen zu finden. Der Frühling nahte bereits, und daher waren wieder mehr Kleintiere unterwegs. Feder versuchte schon längst nicht mehr, den Kühnen anzutreiben. Sie wußte sehr genau, daß sie und ihre ungeborenen Jungen ganz und gar auf ihn angewiesen waren. Daher war sie mehr denn je um sein Wohlergehen besorgt und sagte auch nichts, als er von Tag zu Tag langsamer wurde. Der Kühne aber hatte sehr wohl bemerkt, was mit ihm geschah. Jeden Abend fragte er sich aufs neue, ob er die kommende Anstrengung überstehen werde; und jeden Abend raffte er sich wieder irgendwie auf. Räuber folgte ihnen nach wie vor, und auch ihr entging es nicht, daß ihre tägliche Wegstrecke immer kürzer wurde.

Der März zog ins Land, und langsam – ganz langsam – kam das Ziel der beiden Füchse näher. Sie kamen an dem Graben vorbei, in dem sich der Kühne seinerzeit versteckt hatte, und er zeigte Feder die Stelle, wo man ihn angeschossen hatte. Mit ernstem Gesicht hörte sie ihm zu. Schließlich erzählte er vom Fasanenwald, der eigentlich die Ursache allen Übels gewesen war, und auch von Schatten, der Dächsin.

„An Freunden hat es dir jedenfalls nie gefehlt", sagte Feder.

„Ja. Da habe ich wirklich immer Glück gehabt." Der Kühne dachte einen Augenblick lang nach. Dann sagte er: „Wenn ich ehrlich bin, muß ich zugeben, daß ich ohne meine Freunde gar nicht mehr hier wäre. Jedesmal, wenn ich in großen Schwierigkeiten gewesen bin, ist ein Tier aufgetaucht, das meine Rettung war. Erst war es Schatten; dann hat mich Räuber vor dem Verhungern bewahrt. Und dann, liebe Feder, bist du auf der Bildfläche erschienen; und schließlich auch noch der gute alte Rollo. Ohne euch hätte ich schon ein paarmal sterben können ..."

„Aber du hast dir auch immer ganz gut selber helfen können", erinnerte ihn Feder. „Außerdem, es war einfach nicht deine Bestimmung, schon so bald zu sterben."

„Bestimmung?" fragte er zögernd. „Und was ist meine Bestimmung?"

„Mich in den Hirschpark zu führen und deine Jungen dort aufwachsen zu sehen."

„Anscheinend", antwortete er und dachte daran, daß er sich doch eigentlich etwas ganz anderes vorgenommen hatte. Ein merkwürdiger Zufall ließ jetzt eine dunkle Wasserlache vor ihm auftauchen, in der sich die Sterne funkelnd spiegelten. Er blieb stehen und betrachtete nachdenklich sein Spiegelbild. Schatten, dieser Name würde besser zu *ihm* passen, denn eigentlich war er nur noch ein Schatten seiner selbst. Mehr und mehr begriff er sich als ein Wesen, das langsam von einer schleichenden Krankheit dahingerafft wurde – von einer Krankheit, gegen die es kein Heilmittel geben konnte. Sein eigenes Spiegelbild ließ ihn erschaudern; schnell ging er weiter. Weder er noch Feder sagte etwas; aber beide erkannten die Bedeutungsschwere dieses Augenblicks. Der Kühne wußte jetzt – endgültig und unwiderruflich –, daß er den Hirschpark nicht mehr betreten würde. Falls er nicht schon vorher sterben würde, würde er Feder spätestens dann verlassen, wenn sie in der Umgebung des Hirschparks angekommen waren und Feder den Weg allein finden würde. Denn eine Rückkehr in das Naturschutzgebiet wäre für ihn einem Eingeständnis seines Versagens gleichgekommen. Solange noch ein Funken Leben in seinem geschundenen Körper war, würde er nicht zurückkehren – nur so konnte er sich seine Selbstachtung bewahren. Und das war jetzt das einzige, was er noch im Sinn hatte. Er war nicht unabhängig gewesen; und er hatte auch nicht die völlige Freiheit kennengelernt. Er hatte nur überlebt, weil ihm andere in der Not beigestanden hatten. Aber schließlich und endlich würde er doch noch seine Unabhängigkeit erlangen. Denn wenigstens sterben würde er allein.

Der Kühne sagte nicht, was er dachte. Aber irgendwie spürte Feder, was in ihm vorging; sie traute sich aber nicht, ihre Befürchtungen auszusprechen. Und so gingen sie weiter schweigend nebeneinander her.

Sie befanden sich ganz in der Nähe des Fasanenwaldes. Der Kühne verspürte allerdings keine Lust mehr, in ihn einzudringen. Weder wollte er die Freundschaft mit der Dächsin auffrischen, noch wollte er es mit den gefährlichen Fallen zu tun bekommen. Schließlich erreichten die beiden das dem Kühnen wohlbekannte Hügelland. Nur seine Willenskraft hatte es ihm ermöglicht, trotz Schmerzen, Schwäche und Erschöpfung weiter und weiter zu laufen. Jetzt aber wußte er, daß sie in wenigen Tagen so nahe beim Reservat sein würden, daß Feder den Weg allein finden konnte. Und gerade an diesem Tag fragte ihn Feder – zum erstenmal seit längerer Zeit –, wann sie denn nun ankommen würden.

„Es ist nicht mehr weit“, versprach er ihr. „Mit Geduld und Umsicht haben wir es bis hierher geschafft – wir dürfen jetzt nicht leichtsinnig werden.“

Feder sah ihn mit forschendem Blick an. „Kannst du denn noch weiter?“ fragte sie ihn. „Ich mache mir große Sorgen um dich.“

„Mach dir keine Gedanken“, antwortete der Kühne. „Ich bring' es schon zu Ende.“

Diese vieldeutige Bemerkung konnte sie ganz und gar nicht beruhigen. Sie wollte herausbekommen, was er wirklich dachte. „Wenn wir erst im Hirschpark sind, mußt du gar nichts mehr tun – nur ausruhen und fressen. Ich suche uns einen Bau; oder ich grabe selber einen.“

Der Kühne schwieg.

„Werden wir den Fuchs vom Farthing ... äh ... deinen Vater treffen?“ fragte sie ihn. „Und deine Geschwister?“

„Wenn sie noch leben“, antwortete er leise. Traurig dachte er an die Füchsin, seine Mutter. Wie sehr sehnte er sich danach, sie wiederzusehen. Aber das war ja nicht mehr möglich ...

Jetzt schwieg Feder; aber sie rätselte weiter über die Gedanken des Kühnen. Fünf Tage und Nächte vergingen. Dann rätselte sie nicht mehr. Inmitten eines knospenden Gesträuchs erwachte sie aus einem unruhigen Schlaf und bemerkte sofort, daß der Kühne nicht mehr da war. Sie sprang auf und trat vorsichtig hinaus ins Freie. Sie schaute hierhin und dorthin, aber vom Kühnen war nichts zu sehen. Was sie befürchtet hatte, war geschehen. Sie suchte einen nahe gelegenen Wald ab und rief immer wieder in der

Füchsinnen eigenen Art nach ihm. Dann suchte sie auch die weitere Umgebung ab. Jedes Unterholz und jedes Gebüsch nahm sie sich vor, und während der ganzen Zeit hielt sie nach einem Bau Ausschau, in dem er sich versteckt haben könnte. Aber sie fand nichts. Dann überlegte sie, ob der Kühne inzwischen vielleicht zu ihrem Schlafplatz zurückgekehrt war, während sie vergeblich nach ihm gesucht hatte. Und gleich machte sie sich auf den Weg, um nachzusehen.

Aber wieder fand sie keine Spur von ihm, und voller Kummer legte sie sich nun einfach auf die Erde. Sie hoffte, daß er vielleicht am Abend zurückkehren würde. Der Tag ging zur Neige, und ihre Hoffnung wuchs. Langsam vergingen die Abendstunden, ohne daß der Kühne aufgetaucht wäre. Sie fraß nichts. Sie wollte nichts – nur daß der Kühne zurückkommen würde. Schließlich schlief sie ein.

Als sie am Tag erwachte, begriff sie, daß er nicht zurückkehren würde. Aber noch blieb sie. Wieder wurde es dunkel, und sie spürte, daß sie nun aufbrechen mußte. Der Zeitpunkt ihrer Niederkunft kam näher, und die Sorge um ihre ungeborenen Jungen wurde jetzt wichtiger als alles andere. Um ihretwillen zwang sie sich, etwas zu fressen. Dann lief sie weiter in die Richtung, in der sie dem Kühnen schon die ganze Zeit gefolgt war; immer weiter näherte sie sich dem Hirschpark. Während sie lief, hatte sie sich immer wieder nach einem Lebenszeichen ihres verschwundenen Gefährten umgesehen. Aber es wurde ihr bald klar, daß dies ein hoffnungsloses Unterfangen war – ganz offensichtlich hatte sich der Kühne endgültig von ihr getrennt. Zwei Nächte später stand sie vor dem Zaun, der den Hirschpark umgab. Schutz und Sicherheit erwarteten sie auf der anderen Seite, aber noch zögerte sie. Zu dem Gefühl von Trauer und Leere, das sie seit Tagen erfüllt hatte, kamen nun noch Gewissensbisse hinzu. Hatte sie ihm nicht etwas aufgenötigt, was er gar nicht wollte? Er hatte ihrem Drängen nach einer sicheren Umgebung für ihre Jungen nachgegeben, obwohl er überhaupt nicht an seinen Geburtsort zurückkehren wollte. Er hatte sich aufgeopfert, um sicherzustellen, daß sie ihr Ziel erreichen konnte. Wie sehr er sich auf ihrer langen Wanderschaft verausgabt hatte, war nur zu deutlich zu sehen gewesen; von Tag zu Tag war er schwächer geworden. Und jetzt hatte sie ihn verloren – denn in ihrem Herzen spürte Feder, daß der Kühne sie verlassen hatte, um zu sterben.

Voller Kummer stand sie an der Schwelle zu *ihrer* neuen Welt und machte sich bittere Vorwürfe. Dann aber dachte sie daran, daß der Kühne selbst gewollt hatte, daß seine Jungen an einem sicheren Ort zur Welt kämen – auch wenn dies seinen eigenen Tod bedeutete. Sie entdeckte das Loch in dem Zaun, durch das der Kühne sein früheres Zuhause verlassen hatte, und betrat den Park. Sie schüttelte alle trostlosen Gedanken ab und machte sich daran, einen Bau zu suchen. Die Nacht war nämlich bald vorüber.

Schon bald dämmerte der Morgen, und so hielt Feder zunächst Ausschau nach einem Unterschlupf. Bisher hatte sie keinen einzigen Bewohner des Naturschutzgebietes getroffen. Sie war sehr müde und freute sich auf den Schlaf. Während des Tages wachte sie einmal kurz auf und sah ein Rudel weißer Hirsche durch das Gras schreiten. Noch nie zuvor hatte sie solch große Tiere gesehen, aber sie wußte, daß sie nichts von ihnen befürchten mußte. Der Kühne hatte ihr einmal erzählt, welche Tiere sie am Ende ihrer Wanderschaft antreffen würde.

Am Abend nahm sie ihre Erkundungen wieder auf und gelangte schließlich in einen bewaldeten Teil des Parks. Unter einer Esche hatte ein kleineres Tier ein Loch gegraben. Feder machte sich daran, es zu vergrößern, um sich hier einen Bau einzurichten. Als sie einmal ihre Arbeit kurz unterbrach, bemerkte sie, daß ihr ein anderer Fuchs zusah. Sie erkannte gleich, daß es sich um eine Füchsin handelte; eine sehr junge, die sich dazu noch in den gleichen Umständen befand wie sie selbst.

„Ich bin sicher, daß ich dich in diesem Wald noch nie gesehen habe", sprach die Füchsin sie in einem freundlichen Ton an.

„Ja, und auch sonst nirgendwo im Park", bestätigte ihr Feder.

„Ach? Du kommst von draußen?" Die Füchsin war sehr erstaunt.

„Ja, von draußen. Weißt du, ich werde bald Junge bekommen, und ich wollte, daß sie an einem sicheren Ort aufwachsen."

„Das versteh' ich gut! Aber darf ich fragen, woher du von dem Naturschutzgebiet wußtest?"

„Warum nicht?" Feder ließ jetzt alle Vorsicht fahren. „Der Vater meiner Jungen ist hier auf die Welt gekommen."

Die Füchsin keuchte vor Überraschung. „*Hier?* Aber ... aber ..." stammelte sie. „Wo ist er jetzt? Bitte sag mir, wo er ist!"

Feder war überzeugt, daß sie eine Verwandte des Kühnen getroffen hatte. „Ich weiß es nicht", sagte sie klagend. „Er ist davon, während ich geschlafen habe. Ich weiß nicht, wo er jetzt ist, aber er muß irgendwo draußen sein. Er wollte nicht zurück in den Park ... trotz seiner Gefährtin ... und seiner ungeborenen Jungen", berichtete sie mit jammervoller Stimme.

„Beschreib ihn mir, komm!" forderte die Füchsin sie auf. „Es ist sehr wichtig!"

Feder senkte ihr Haupt. „Ich fürchte, das hat keinen Sinn", sagte sie traurig. „Du würdest ihn aufgrund der

Beschreibung nicht erkennen. Aber ich weiß, daß man ihn hier den Kühnen genannt hat."

„Der Kühne!" rief die Füchsin voller Freude aus. „Ich wußte es! Mein Bruder!"

„Dein Bruder? Dann bist du . . ."

„Die Schöne", ergänzte die Füchsin. „Aber erzähl mir doch alles vom Kühnen, bitte, alles! Wir müssen ihn unbedingt finden und herbringen. Unsere Eltern – und mein anderer Bruder – leben noch hier. Er muß zurückkommen, er muß einfach!"

Feder fühlte sich jetzt noch betrübter. Wie sollte sie der Schönen bloß beibringen, wie es um den Kühnen stand? Bevor sie noch etwas sagen konnte, fragte die Schöne sie nach ihrem Namen.

„Der Kühne hat mir den Namen Feder gegeben", antwortete sie kaum hörbar, so sehr bewegte sie die Erinnerung. „Wegen meines lautlosen Ganges."

Die Augen der Schönen leuchteten. „Unsere Jungen werden Vettern und Kusinen sein, Feder", sagte sie in freudiger Erregung. „Und sie werden zusammen aufwachsen."

„Hast du hier im Wald einen Bau?" fragte Feder.

„Ja, nur ein paar Meter von hier. Soll ich dir bei deinem helfen?"

Feder aber lehnte ihr Angebot ab. „Du bist sehr freundlich", sagte sie, „aber ich möchte alles, was mich und meine Familie betrifft, lieber selbst erledigen."

„Ich versteh' dich schon", sagte die Schöne. „Du hast ganz recht. Darum lasse ich dich auch jetzt allein. Erlaubst du mir, daß ich meinen Eltern von deiner Ankunft erzähle?"

„Aber natürlich", antwortete Feder mit sanfter Stimme. „Sie und ich, und auch du – uns alle verbindet jetzt doch etwas. Sie haben ein Anrecht darauf, es zu erfahren."

„Ich komme bald wieder, Feder, und dann erzählst du mir, was alles geschehen ist“, sagte die Schwester des Kühnen. „Ich hoffe, daß wir Freundinnen werden. Mein Bruder hat eine gute Wahl getroffen.“

21

Der Fuchs vom Farthing-Wald

Der Kühne sah Feder zärtlich an, wie sie so schlafend neben ihm lag. Immer wieder zuckten ihre Glieder, und ab und zu huschte ein feines Flimmern über ihr Gesicht – sie schien zu träumen. Der Kühne ließ sie nicht aus den Augen. Er war sehr froh, daß er es geschafft hatte, sie den ganzen weiten Weg zu geleiten – auch wenn er selbst einen hohen Preis dafür bezahlen mußte. Jetzt würde sie keine Schwierigkeiten haben, die Reise zu Ende zu bringen. Er erhob sich und schaute auf schwankenden Beinen hinaus auf die sonnenbeschienene Landschaft. Der Frühling nahte bereits; und in ein paar Wochen würde der Kühne ein Jahr alt werden.

Er wußte aber, daß er nicht mehr so lange leben würde. Aber seine Jungen würden geboren werden, und der ganze Kreislauf würde von neuem beginnen. Jetzt wollte er sich zurückziehen. Er hatte nicht viel Zeit, um sich zu verstekken, bevor Feder nach ihm suchen würde. Noch einmal schaute er sie liebevoll an, und dann humpelte er davon.

Ganz oben in den Wipfeln einer Pappel saß Räuber, die Aaskrähe, und beobachtete, wie der Kühne die Füchsin verließ und durch das feuchte Gras davonhinkte. Wo wollte er hin? Räuber beschloß, es herauszufinden. Sie flog von Baum zu Baum und behielt den Fuchs im Auge, ohne daß der sie bemerken konnte. Der Kühne hielt geradewegs auf ein Birkengehölz zu, durch das er und Feder in der vergangenen Nacht gekommen waren. Dort lief er dann zwischen den Baumstämmen hin und her. Räuber vermutete, daß er irgend etwas suchte, und flog ein wenig näher heran. Der Kühne war jetzt bei einem hohlen Baumstamm – den Überresten einer alten Buche – angelangt. Er lag im Gras und war ganz mit Flechten, Moos und Pilzen bewachsen. Gerade als Räuber aufflog, machte sich der Kühne ganz schmal und kroch in den Baumstamm hinein. Räuber ließ sich auf dem Stamm nieder und wartete. Aber der Kühne kam nicht wieder heraus. Der Vogel vermutete, daß er da drinnen etwas zu fressen gefunden hatte – oder daß er vielleicht schlafen würde. Er flatterte hinunter ins Gras und trippelte hinüber zum offenen Ende des Baumstamms. Jetzt konnte er seinen Freund ganz deutlich sehen. Der Kühne lag da und hatte seinen Kopf auf die Pfoten gelegt. Er war aber immer noch wach.

„Räuber!" rief er aus. „Wo kommst denn du her gelaufen?"

„Ich bin nicht gelaufen", antwortete die Krähe. „Ich bin geflogen – wie immer. Und du, Kühner, was machst du eigentlich hier?"

„Das ist meine Sache“, bekam sie zur Antwort.

„Also gut – wenn das alles ist, was du zu sagen hast“, gab Räuber verärgert zurück und tat so, als wolle sie fortfliegen.

„Nein – warte, Räuber, warte doch“, sagte der Kühne schnell. „Es tut mir leid. Warum solltest du es nicht wissen?“ Er zögerte.

„Nun?“

„Ich gehe nicht mehr weiter“, sagte der Kühne schließlich langsam. „Feder muß die Reise allein zu Ende bringen.“

„Aber warum nur? Jetzt bist du doch schon so weit gekommen“, fragte Räuber.

„Schau mich an“, sagte der Kühne, „aber schau mich genau an. Habe ich noch die leiseste Ähnlichkeit mit dem Tier, das du einmal gekannt hast?“

Räuber trat verlegen von einem Bein aufs andere. „Aber ich bin sicher, wenn du erst wieder im Reservat bist, dann wirst du bald...“, begann sie schließlich.

„Dann werde ich bald tot sein“, unterbrach sie der Kühne schroff. „Sei doch mal ehrlich. Jede Nacht war ich unterwegs, immer weiter und weiter, das war zuviel für mich. Aber ich habe mein Versprechen gehalten – ich habe Feder den Weg gezeigt. Jetzt werden ihre – *unsere* Jungen in Sicherheit sein. Aber ich werde sie nicht mehr sehen.“

„Was du da sagst, macht mich sehr traurig“, sagte Räuber.

„So ist es aber. Auch wenn ich noch ein Stück weiter ginge – ich würde sterben, ohne sie jemals gesehen zu haben.“

Räuber fühlte sich gar nicht wohl in ihrer Haut. „Sie wird nach dir suchen“, sagte sie.

„Ich weiß, daß sie das wird. Aber sie wird mich nicht finden“, antwortete der Kühne. „Ich werde einfach das Loch hier in dem Stamm zustopfen.“

„Wie willst du das denn machen?“

„Oh, hier gibt es genug Laub und Gras und so was, das ich zusammenkratzen kann.“

„Ich darf gar nicht daran denken“, sagte Räuber. „Du wirst umkommen da drin.“

„Weißt du, Räuber, es wäre eigentlich ganz natürlich, wenn ich schon längst umgekommen wäre“, antwortete der Fuchs niedergeschlagen. „Erinnerst du dich noch daran, wie ich so geprahlt habe, daß ich ein wirklich freies Leben führen würde? Tja, genau das habe ich eben nie getan. Irgendwie hat man immer auf mich aufgepaßt – im Park genauso wie außerhalb, nur auf eine andere Art.“

„Das stimmt doch nicht“, wandte Räuber ein. „In einem Naturschutzgebiet hätte man nicht auf dich geschossen.“

„Dort hat man auch schon auf Füchse geschossen – da waren Wilderer unterwegs“, gab ihr der Kühne zu bedenken. „Aber was hat es schon für einen Sinn, darüber zu streiten? Du warst mir wirklich ein guter Freund“, sagte er und kroch dann zu dem Eingangsloch. „Ich habe keine Zeit mehr zu verlieren.“ Er begann, das halbverfaulte Laub um Räuber herum zusammenzuscharren.

Räuber bemerkte, daß dem Kühnen sogar diese Tätigkeit Mühe machte, obwohl er nur mit seinen Vorderbeinen arbeitete. Er war so schwach, daß er immer wieder ins Schwanken kam. Die Krähe wollte ihm ein wenig behilflich sein und sammelte mit ihrem Schnabel ein paar Blätter und etwas Gras zusammen.

„Laß nur“, sagte der Kühne. „Ich werde es schon schaffen, und wenn es das letzte ist, was ich zustande bringe. Und du solltest jetzt gehen, Räuber, sonst verrätst du am Ende noch mein Versteck.“

„Also gut“, antwortete Räuber. „Aber ich bleibe in der Nähe. Ich hab’ nämlich Angst um dich.“ Nur widerwillig verließ sie den sich abmühenden Fuchs; sie war überzeugt, daß sein Ende jetzt wirklich nahe war.

Später am Tag sah Räuber dann, wie Feder sich traurig auf ihre ergebnislose Suche machte. Die Vorkehrungen des Kühnen waren ganz unnötig gewesen, denn Feder kam gar nicht bei dem Birkengehölz vorbei. Und am nächsten Tag mußte Räuber zusehen, wie die Füchsin immer noch auf ihren Gefährten wartete. Gar zu gern wäre sie zu ihr hin geflogen, um ihr zu sagen, wo der Kühne zu finden war. Aber noch schreckte sie davor zurück, ihren Freund so zu hintergehen.

Am nächsten Tag war Feder fort. Räuber begriff, daß sie weitergezogen war. Jetzt hielt sie es nicht mehr länger aus. Sie schnappte sich gerade das Nötigste an Fressen und schoß im Sturzflug hinunter zu dem Buchenstamm. „Kühner! Kühner!“ krächzte sie laut. „Ich bin’s – Räuber!“ Es kam keine Antwort. Sie stieß mehrmals ein durchdringendes „Krah“ aus und machte sich dann mit Feuereifer daran, den Haufen vor dem Eingangsloch abzutragen. Bald schon hatte sie ein kleines Loch freigelegt, durch das sie hineinspähen konnte. Drinnen lag regungslos der Kühne.

„Kühner?“

„Ja, ich... bin noch da“, antwortete der Fuchs mit schwacher Stimme.

„Dem Himmel sei Dank!“ rief Räuber, die schon das Schlimmste befürchtet hatte. Schnell holte sie das Fressen und warf es zum Kühnen hinein.

Der Kühne beugte sich langsam hoch. „Ich kann... nichts fressen“, stieß er mühsam hervor. „Hat keinen Sinn.“

„Doch, doch, natürlich“, bedrängte ihn die Krähe flehentlich. „Feder ist fort, aber du kannst doch weiterleben. Du *mußt* einfach.“

„Kein... Hunger“, sagte der Kühne.

„Versuch es doch. Dann geht es dir bestimmt besser. Komm, versuch es!“

Der Kühne leckte an Räubers Mitbringsel und biß dann gehorsam hinein. Räuber sah es mit Erleichterung.

„Ich hole noch mehr“, versprach sie und machte sich sogleich auf den Weg.

Als sie zurückkehrte, war der Kühne aus dem Stamm heraus und lag im Gras, das in der Märzsonne schimmerte. Räuber warf ihm einen toten kleinen, noch fast nackten Vogel zu, der aus dem Nest gefallen war. Der Kühne stöhnte. „Ihr Krähen seid ... ja sehr vielseitig“, brachte er hervor.

„Kühner, es ist noch nicht zu spät. Du kannst es dir immer noch anders überlegen“, bedrängte ihn Räuber. „Ich habe den Park gesehen. Er ist gar nicht mehr weit.“

„Ich weiß, du meinst es gut“, sagte der Kühne. „Aber du vergeudest ... deine Zeit. Ich hab’ ... mich entschieden. Ich kann nicht mehr jagen; ich kann kaum noch gehen. Willst du mich am Leben erhalten und durchfüttern wie eine Bienenkönigin – und ich liege hilflos herum?“

„Du hast ja recht“, antwortete Räuber. „Aber was hast du denn jetzt vor?“

„Ich bleibe hier“, verkündete der Kühne. „Der Baumstamm wird mein Zuhause sein, bis ...“ Er ließ unausgesprochen, was er meinte.

Der kleine Vogel lag noch immer an derselben Stelle. „Willst du das nicht fressen?“ fragte Räuber.

„Nein.“

„Was soll ich dir denn anderes bringen?“

„Bring mir gar nichts, und ich werde auch zufrieden sein“, lautete die rätselhafte Antwort des Kühnen. „Warum bleibst du überhaupt hier bei mir? Du solltest dir einen Gefährten suchen.“

„Das werde ich“, antwortete Räuber. „Aber später.“

Der Kühne wußte, was Räuber dachte. „Du wirst nicht

lange warten müssen, meine teure Freundin", sagte er zu ihr.

Der Fuchs vom Farthing-Wald und die Füchsin waren auch dann noch zusammengeblieben, nachdem ihre Jungen größer geworden waren und das Heim ihrer Eltern verlassen hatten. Ihre Unzertrennlichkeit machte ihre Verbindung zu etwas Einzigartigem. Und so waren sie auch zusammen, als die Schöne sie in ihrem Bau besuchte und ihnen die aufregende Neuigkeit vermeldete. In der Dunkelheit blieben ihre Gesichter unergründlich, aber ihren Stimmen war die Erregtheit sehr wohl anzumerken.

„Ich wußte es, daß er noch am Leben ist", sagte der Fuchs mit belegter Stimme. „Man konnte dem Kühnen schon früh ansehen, daß er sich durchsetzen würde."

„Aber warum will er nicht zurückkommen?" fragte die Füchsin. „Warum hat er seine Gefährtin verlassen, bevor seine Jungen überhaupt auf der Welt sind?"

„Das hat mir Feder nicht erzählt", sagte die Schöne, „du wirst sie schon selbst fragen müssen."

„Das wird nicht nötig sein", sagte der Fuchs. „Der Kühne ist ein stolzes Tier. Wenn er wirklich in den Hirschpark zurückkehrte, würde er sein Gesicht verlieren."

„Du hast recht, Fuchs", sagte die Füchsin. „Ich weiß, daß du recht hast – ich weiß aber auch, wie unsinnig diese Haltung ist. Man kann Stolz auch übertreiben. Warum überwindet er diesen dummen Stolz nicht, da er ganz genau weiß, wie sich seine Familie danach sehnt, ihn wiederzusehen?"

„Gerade die, die ihm am nächsten sind, können ihm am ehesten das Gefühl geben, daß er versagt hat", erklärte der Fuchs, der sich in solchen Dingen auskannte. „Und darum müssen wir zu ihm gehen, wenn er nicht zu uns kommen will."

„Aber wie denn?“ fragte die Schöne. „Selbst Feder weiß nicht, wo er ist!“

„Wenn der Kühne seine Gefährtin bis zum Reservat geführt hat, dann ist er noch in der Nähe“, sagte der Fuchs. „Und wir werden ihn finden. Wir müssen uns alle auf den Weg machen und nach ihm suchen – auch sein Bruder, der Friedfertige. Aber zuerst sollten wir die neue junge Füchsin kennenlernen, die jetzt zu uns gehört.“

Feder wurde ein bißchen verlegen, als die Schöne mit dem berühmten Fuchspaar – und noch einem fremden jungen Fuchs – bei ihr auftauchte. Aber deren aufrichtige Freude, sie kennenzulernen, nahm ihr gleich alle Befangenheit. Sie erzählten ihr, was sie vorhatten, doch Feder sah sie nur traurig an.

„Ich weiß nicht, wir ihr ihn finden wollt“, sagte sie. „Aber selbst wenn ihr ihn findet – ihr müßt auf das Schlimmste gefaßt sein. Vielleicht ist es auch schon zu spät.“

„Zu spät? Warum, wie meinst du das?“ fragte die Füchsin sofort.

„Der Kühne ist nicht mehr das Tier, das ihr einmal gekannt habt. Er ist älter geworden und sehr viel reicher an Erfahrung. Aber er hat auch sehr viel durchgemacht und ist mit seinen Kräften am Ende. Er ist schwer verletzt worden – lange bevor wir beide uns kennengelernt haben –, und von dieser Verletzung hat er sich nie mehr richtig erholt. Die Wanderschaft, die er auf sich genommen hat, um mich – weil ich es so wollte – an einen sicheren Ort zu bringen, war einfach zuviel für ihn. In den letzten paar Tagen, die wir noch zusammen waren, ist er zusehends schwächer geworden.“

„Willst du uns sagen, Feder“, fragte die Füchsin mit kaum hörbarer Stimme, „daß der Kühne... stirbt?“ Die letzten Worte gingen in einen schweren Seufzer über.

„Ja", antwortete Feder jammervoll, „ich fürchte, so ist es."

„Dann müssen wir sofort aufbrechen!" rief der Friedfertige. „Vater, Mutter, wir müssen sofort los!"

„Jetzt ist er so nah ... und doch so weit fort", sagte die Füchsin leise vor sich hin.

„Wir können ihn doch noch retten?" fragte der Friedfertige fast ohne Hoffnung. „Wir kommen doch noch nicht zu spät?"

„Ich befürchte ... das Schlimmste", gab Feder flüsternd zur Antwort.

Die Eltern und Geschwister des Kühnen waren wie gelähmt. Erst hatten sie ganz unerwartet eine so freudige Nachricht erhalten, und dann wurden ihre Hoffnungen fast im selben Augenblick wieder zunichte gemacht. Die Füchsin war die erste, die aufbrechen wollte.

„Feder – kommst du mit uns?" fragte die Schöne.

Feders Blick ging in die Ferne, als ob sie den Kühnen dort irgendwo sehen könnte. Sie seufzte tief. „Nein", antwortete sie schließlich ganz leise. „Ich glaube, ich könnte es nicht ertragen."

Die Schöne senkte ihren Blick. Sie spürte Feders Schmerz, wollte ihn aber nicht auch noch sehen.

„Wir müssen darauf vertrauen, daß wir mit guten Nachrichten zurückkommen werden", sagte der Fuchs sehr bewegt.

Die Füchsin führte ihre Familie zu dem Zaun, der den Park begrenzte. Feder stand reglos da und schaute ihnen nach. Dann drehte sie sich rasch um und grub an ihrem Bau weiter.

Außerhalb des Reservats trennten sich die vier Tiere. Vater und Sohn gingen in die eine, die beiden Füchsinnen in die andere Richtung. Es war eine sehr dunkle, wolkenverhangene Nacht, und für die beiden Jungtiere – den Friedfertigen und die Schöne – war diese Suchaktion ein ziemliches Abenteuer. Keiner von ihnen war jemals außerhalb des Parks gewesen, und darum wichen sie ihren Eltern nicht von der Seite. Der Fuchs und die Füchsin kannten das Gebiet von früher, und sie begannen nun, das Gelände ganz genau abzusuchen. Die Nachtstunden vergingen, und noch immer hatten sie keine Spur gefunden.

Als es zu dämmern begann, wurde es der Schönen immer unwohler zumute. „Sollen wir hier bleiben, bis man uns sieht?“ fragte sie ihre Mutter ängstlich. „Wäre es nicht besser, bis zum Abend zu Hause zu warten?“

Die Füchsin koste sie sanft mit ihrer Schnauze. „Ich verstehe, daß du dich fürchtest“, antwortete sie. „Aber wenn wir vorsichtig sind, wird uns nichts passieren. Wir können nicht einfach so viele Stunden durch Nichtstun verlieren.“

Der Friedfertige hatte dieselben Gefühle wie die Schöne, zog es aber vor, dem Vater erst gar nichts davon zu sagen.

Der frühe Morgen dämmerte nun bereits in perlweißem Schimmer, und immer mehr Vögel fingen an zu singen. Eine einzelne Krähe beobachtete die Füchsin und die Schöne und fragte sich, weshalb die beiden Tiere noch unterwegs waren. Sie schwang sich auf, um sich ihr Frühstück zu suchen, und da bemerkte sie auch die beiden anderen Füchse. Jetzt verschwendete Räuber keinen Gedanken mehr an ihren leeren Magen; sie ließ sich auf einem Ast nieder und dachte nach. Und je mehr sie nachdachte, je mehr war sie davon überzeugt zu wissen, wer diese Tiere waren und was sie da machten. Sie krächzte vor sich hin und fragte sich, ob sie sich den Füchsen mitteilen sollte. Sie bezweifelte, daß es dem Kühnen recht gewesen wäre. Allerdings: Wenn eines dieser Tiere hier der Fuchs vom Farthing-Wald war, dann hatte sie – als einzige von all den Tieren hier in der Umgebung – jetzt die Möglichkeit, Vater und Sohn wieder zusammenzubringen. Vor lauter Aufregung hüpfte sie auf dem Ast auf und ab. Wenn sie aber nichts tat, dann würden sie sich niemals wiedersehen oder – was noch schlimmer gewesen wäre – erst zu spät. Sie *konnte* einfach nicht zulassen, daß sich so etwas Tragisches ereignete, gerade weil sie die einzige war, die das verhindern konnte. Sie stieß ein paarmal ihr „Krah" aus, um sich Mut zu machen, und segelte dann hinunter zum Fuchs und dem Friedfertigen.

Die Tiere sahen kurz auf, beachteten sie aber nicht. Eine Krähe war kein so ungewöhnlicher Anblick – auch nicht im Reservat.

Räuber krächzte aufgeregt. „Äh... äh... sucht ihr jemanden?" fragte sie zögernd.

Der Fuchs sah den Vogel überrascht an und sagte erst mal gar nichts. Dann antwortete er bedächtig: „Wer bist du, daß du uns so etwas fragst?"

„Ein Freund, hoffe ich", gab Räuber vorsichtig zurück; sie hatte immer noch ziemlichen Respekt vor dem Fuchs. „Ich glaube, ich kann euch helfen."

„Hast du eine Nachricht für uns?" fragte jetzt der Friedfertige.

„Nein. Aber ich werde mich erst einmal vorstellen." Räuber riß sich jetzt zusammen. „Mein Freund, ein Fuchs, nennt mich Räuber – und ich glaube, nach diesem Fuchs sucht ihr."

„Ach!" Der Fuchs und der Friedfertige warfen sich einen überraschten Blick zu.

„Bist du der Fuchs vom Farthing-Wald?" fragte Räuber das ältere Tier.

„Ja."

„Dann kann ich dir helfen. Ich kann dich zum Kühnen bringen."

„Tu das", antwortete der Fuchs sofort. „Du kannst uns deine Geschichte später erzählen."

Räuber zeigte ihnen die Richtung. „Ihr müßt euch sehr

beeilen", sagte sie. „Ich zeige euch den Weg. Es ist noch ein ziemliches Stück bis dorthin." Sie flog auf, und die beiden Füchse folgten ihr auf dem Boden. Räuber führte sie erst zur Füchsin und der Schönen, flog aber ohne Unterbrechung weiter; die Füchse sollten sich selbst den Sachverhalt erklären. Einmal sah sie kurz hinter sich nach unten, um sicherzugehen, daß sie ihr auch folgten. Die vier Tiere aber rannten hinter ihr her, so schnell sie nur konnten. Räuber flog auf das Birkengehölz zu.

Gleich neben dem großen Baumstamm lag der Kühne zwischen sprießendem Gras und welkem Laub. Er hatte keine Schmerzen mehr und war ganz ruhig. Nichts begehrte er mehr. Er war schon zu schwach, um aufzustehen, und er wußte, daß er hier an dieser Stelle sterben würde. Er freute sich, Räuber zu sehen, die sich ganz in der Nähe auf einer jungen Birke niederließ. Also würde er beim Sterben nicht ganz allein sein. Er schloß die Augen.

Als er sie wieder aufschlug, erkannte er vier wohlbekannte Gesichter. Er blinzelte ungläubig und dachte zuerst, daß er wieder im Hirschpark wäre. Die Füchsin kam heran und streichelte ihn zärtlich mit ihrer Schnauze. Der Kühne blinzelte noch einmal.

„Jetzt bist du nicht mehr allein", flüsterte die Füchsin, „mein tapferer Kühner. Wir werden bei dir bleiben."

Den Kühnen überkam ein Gefühl des Friedens, fast sogar des Glücks. Er erkannte seinen Vater und seine Geschwister. „Geht es Feder..." Das Sprechen fiel ihm schwer.

„Feder geht es gut", sagte die Füchsin mit sanfter Stimme. „Ruh dich jetzt aus. Sie wird bald Mutter sein, und wir werden gut auf sie achtgeben und sie mit Fressen versorgen, wann immer es nötig ist."

Jetzt kam der Fuchs näher heran. „Feder wird prächtige, starke Junge bekommen – du bist ja der Vater, Kühner. Wenn ich bloß denke, was du für ein mutiges und kräftiges

Kerlchen warst!“ Dann sprach er leiser weiter, so leise, daß ihn außer dem Kühnen niemand mehr hören konnte, nicht einmal die Füchsin. „Du bist ein furchtloses Tier“, sagte er, „und an deine Abenteuer wird man sich genausolange erinnern wie an meine. Ich bin stolz darauf, *dein* Vater zu sein.“

Der Kühne seufzte. Jetzt, da nicht alles umsonst gewesen war, wurde ihm leichter ums Herz. Lächelnd schaute er hinüber zu der schwarzen Gestalt auf der jungen Birke, und dann schloß er seine Augen für immer.

Nachwort

Im Frühling kamen Feders Junge zur Welt – zwei männliche und zwei weibliche Füchse. Und auch die Jungen von der Schönen kamen allesamt gesund zur Welt. Das Blut des Fuchses vom Farthing-Wald hatte sich damit in der dritten Generation erneuert. Feder hatte aber noch einen anderen Grund, stolz zu sein. In den Adern ihrer Jungen floß nämlich auch das Blut des Kühnen, der ihr Gefährte gewesen war. Ihr Schmerz darüber, ihn verloren zu haben, ließ nun langsam nach, da sie ihn in ihren gemeinsamen Nachkommen weiterleben sah. Nun würden ihre Jungen heranwachsen, und sie würde ihnen seine Geschichte erzählen, wenn sie sich in ihrem Bau an sie kuschelten. Sie würden ihren Vater – den sie nie kennenlernen konnten – in Erinnerung behalten als das furchtlose Tier, das er gewesen war und das sich für ihr Wohlergehen aufgeopfert hatte.

Räuber kam vorbei und erzählte ihr, daß sie nun einen Gefährten gefunden hatte. Dann schwelgten sie noch eine Weile in Erinnerungen, redeten vom Kühnen und von ihren Abenteuern, und sie erinnerten sich an Rollo. Schließlich verabschiedeten sie sich sehr herzlich voneinander.

Und Feder fühlte sich nie allein. Neben der Familie des Kühnen gewann sie noch viele andere neue Freunde. Und dann waren da noch die Freunde des Kühnen und die Freunde seines Vaters aus ihrer alten Heimat. Das Leben im Hirschpark unterschied sich ganz und gar von ihrem früheren Leben.

Zwei Monate vergingen; ihre Jungen tollten in der Sonne herum, wurden größer und kräftiger und lernten zu jagen. Eines Abends kam Feders beste Freundin, die Schöne, zu Besuch. Vor dem Eingang zu Feders Bau legten sie sich auf die Erde und sahen dem Waldkauz zu, wie er lautlos durch die warme Abendluft glitt.

„Meine Jungen wollten wissen, was außerhalb des Parks ist", erzählte Feder. „Ich habe versucht, es ihnen zu erklären, aber es gelang mir nicht. Ich muß einen Weg finden, ihnen verständlich zu machen, was ihr Vater tat, ohne in ihnen den Wunsch zu wecken, es ihm gleichzutun."

„Dieser Park kann ein Paradies sein", sagte die Schöne. „*Das* sollten sie lernen."

„*Ich* habe es gelernt", antwortete Feder. „Hier leben Tiere, die sich woanders in Stücke reißen würden, zusammen und verstehen sich bestens."

„Diese freundschaftliche Gesinnung wurde damals durch den Schwur besiegelt, und man sollte sie bewahren", sagte die Schöne.

„Und vielleicht kann man mit dieser Gesinnung alle Tiere überzeugen, die es nach draußen zieht", fügte Feder lächelnd hinzu.

„Ich glaube, Feder, wir beide kennen sogar noch ein besseres Mittel zur Lösung dieses Problems", sagte die Schöne augenzwinkernd. „Wenn unsere Jungen etwas größer sind, müssen wir darauf schauen, daß sie sich zusammentun – und das übrige überlassen wir einfach Mutter Natur!"